ERNST-ULRICH HAHMANN

Lausbuben

GESCHICHTEN UND ERZÄHLUNGEN AUS DER KINDERZEIT

BoD

Books on DEMAND

Bibliografische Information der Deutschen Nationalbibliothek
Die Deutsche Nationalbibliothek verzeichnet diese Publikation in der
Deutschen Nationalbibliografie, detaillierte bibliographische Daten sind im
Internet über http://dnb.ddb.de abrufbar.

Umschlagentwurf und Layout: Ernst-Ulrich Hahmann

© 2017 Hahmann
Herstellung und Verlag
BoD – Books on Demand, Norderstedt

Printed in Germany

ISBN 9 783744 887663

6,95 Euro

Inhaltsverzeichnis

Sehnsucht

Es war einer jener warmen Sommerabende, an dem die Sonne mit ihren letzten Strahlen das Wolkenmeer glutrot färbte und der Horizont lichterloh zu brennen schien.

Ein aufgeweckter Bub, der auf einer blankgescheuerten Holzbank saß, die vor einer alten Hütte stand, beobachtete seit geraumer Weile das herrliche Naturschauspiel.

Der würzige Duft von frischem Heu kitzelte seine Nase.

Hinter ihm klangen aus dem weit geöffneten Küchenfenster Stimmen hinaus ins Freie und Klaus hörte, wie der Vater zur Mutter sagte: „Das Geld wird immer knapper und bald haben wir nichts mehr zum Beißen. Ich werde Morgen in die große Stadt gehen. Dann sind wir zwar getrennt, aber ich bekomme wenigstens Lohn und kann für euren Lebensunterhalt sorgen."

Hatte er richtig gehört oder täuschten ihn seine Sinne. Sofort sprang der Junge von der Bank, lief wieselflink in die Küche und sprudelnd schoss es über seine Lippen: „Vati, musst du wirklich in die Stadt?"

„Ja, mein Junge, und du musst in dieser Zeit brav auf die Mutti aufpassen, denn solange ich fort bin, bist du der Mann im Haus."

Wie schwoll da dem Vierjährigen die Brust und er antwortete stolz: „Jawohl Vati, das mach ich doch."

Am nächsten Morgen kitzelten die vorwitzigen Strahlen der aufgehenden Sonne den Jungen in der Nase. Er verzog sein Gesicht als wollte er niesen und wahrlich ein kräftiges „Hatschi!" riss ihn aus dem Schlaf. Sich die Augen reibend rief er: „Mutti ist Vati schon fort?!"

Die Mutter schaute ins Zimmer und sprach: „Ja mein Junge. Er ist schon sehr früh aufgestanden, um zum Abend in der großen Stadt zu sein. Der Weg ist sehr weit."

„Wann kommt Vati denn wieder?" ganz traurig klang die Stimme des Knaben.

„Ich weiß es nicht. Aber, wenn er genug Geld verdient hat, kommt er sicherlich zurück."

Jeden Morgen nach dem Erwachen, jeden Abend vor dem Schlafen gehen, stand Klaus am Fenster und schaute in die Ferne, immer in der Hoffnung, den Vater zu erblicken, der ihm schon von Weitem zu winken würde.

Aber wer nicht kam, war der Vater.

Die Tage vergingen.

Wochen und Monate zogen ins Land.

Der Farbenbrand des Spätsommers war mittlerweile verloschen und die vielen, vielen Bäume hatten ihre herbstliche bunte Blättervielfalt fast gänzlich abgeworfen. Wie gesprenkelt zierten nur noch vereinzelte und winzig kleine Farbkleckse, als hätte ein Maler seinen Pinsel darauf gesäubert, die kahlen Kronen.

Bald schon bedeckte eine weiße Schneedecke die Landschaft.

Die Mutter schenkte dem Jungen ihre ganze Aufmerksamkeit und Fürsorge. Aber der Vater fehlte hinten und vorne. Am meisten jedoch vermisste Klaus die Gute Nacht Geschichte, die ihm dieser jeden Abend, kurz vorm schlafen gehen, immer erzählt hatte.

Stiller und stiller wurde der Knabe, selbst von seinen Spielkameraden wollte er nichts mehr wissen. Die Augen blickten traurig in die Welt, nichts konnte sie erheitern.

Der Schnee begann zu tauen, die ersten Schneeglöckchen streckten sich den wärmenden Strahlen der Frühlingssonne entgegen. Es grünte und spross, die Natur erwachte zu neuem Leben. Vogelgezwitscher erfüllte die laue Frühlingsluft.

Klaus würdigte all die Schönheiten der Natur keines Blickes. In seinen Gedanken weilte er ständig bei seinem Vater.

Die Sehnsucht machte den kleinen Jungen richtig krank.

Eines Tages hielt er es nicht mehr zu Hause aus, er musste einfach zum Papa gehen. Früh stieg er aus dem warmen Bett, zog Hose, Hemd und Jacke an. Verließ auf Zehenspitzen leise sein Zimmer, um die Mutter nicht zu wecken. Schlüpfte in seine festen Schuhe, nahm sein kleines Bündel von der Holzbank und den danebenstehenden Wanderstock, und schritt hurtig in den Morgen hinein, den ungewissen Weg in die Stadt.

Am windschiefen Gartenzaun, an dem einige Latten fehlten, machte Klaus noch einmal halt, setzte sein Bündel ab und blickte zurück.

Aus dem Schornstein des Hauses kräuselte Rauch in die klare Morgenluft empor. Mutter war sicherlich aufgestanden und im Begriff das Frühstück zu richten.

Die aufgehende Sonne spiegelte sich in den blitzenden Fensterscheiben, als wollten sie ihm zurufen: „Klaus bleibe hier!"

Tränen in den Augen drehte der Knabe sich um. Die Sehnsucht trieb ihn vorwärts.

Rasch schritten seine kleinen Füße aus und trugen ihn auf den staubigen Weg, der durch Felder, Wiesen und Wälder führte, immer weiter von zu Hause fort, hin zur fernen Stadt.

Die Sonne stieg höher und höher, überschritt den Zenit und verschwand hinter den Bäumen des Waldes.

Die hereinbrechende Dunkelheit überraschte Klaus mitten in einem großen Wald. Die Bäume und Sträucher schienen zum Leben zu erwachen. Seltsame Geräusche klangen an sein Ohr. Dort, das sah wie eine Vogelscheuche aus, hier schien ein Gespenst durch den Wald zu schleichen, und was war das dort?

Klaus begann sich zu fürchten. Er fing leise an zu schluchzen: „Mutti, ich will nach Hause. Ich fürchte mich."

Aber da war keine Mutter, die den kleinen Jungen an die Hand genommen und wohlbehütet in sein Bett gebracht hätte.

Plötzlich leuchteten ihm aus dem Dunkeln glühende Augen entgegen. Vor Schreck stieß Klaus einen Schrei aus und machte sich klein wie eine Feldmaus.

Knacken!

Rauschen!

Da, ein schwebender Schatten!

"Uhu, Uhu, Uhu!" ausstoßend, segelte die Erscheinung über den verängstigten hinweg.

Eine Eule hatte er aufgeschreckt.

Nicht nur das, vom vielen Laufen waren die Beine des kleinen Jungen müde geworden. Erschöpft ließ er sich auf dem weichen Mooslager unter dem großen Laubbaum, am Rande des Weges nieder. Bald schon zeugten regelmäßige Atemzüge davon, dass der Bub in das Reich der Träume entschwebt war.

Irgendwo schrie ein Käuzchen. Jammernd zitterte der Schrei durch die finstere Nacht und übertönte jegliche andere Geräusche.

Der Schlaf des Knaben war so fest, dass er nichts mehr mitbekam. Auch nicht wie ein an sich scheues Reh neben ihm stehen blieb und mit seinen braunen Augen verwundert auf den kleinen Jungen herab blickte.

Der Kauz schrie wieder. Es schien als wüsste das Tier, dass dort genau unter dem Baum ein Knabe im tiefen Schlummer lag.

Die ersten Strahlen der Sonne, die durch das dichte Blätterdach blinzelten, weckten Klaus. Er setzte sich auf, rieb die Augen und sah sich verwundert um.

Der Wald hatte mit der aufgehenden Sonne seine Schrecken verloren.

Der Knabe nahm Bündel und Wanderstock auf; dann ging er den Weg nach Hause zurück. Immer schneller wurden seine Beine, als in der Ferne das rote Dach des Elternhauses auftauchte.

Vor dem Haus stand die Mutter mit rotverweinten Augen. Sie hatte die ganze Nacht nicht schlafen können.

Klaus lief auf seine Mutter zu, die ihn fest in ihre Arme schloss und sanft über die blonden Haare strich. „Du kleiner dummer Junge", flüsterte sie.

Da öffnete sich die Haustür und der Vater trat heraus.

Nach stundenlangen vergeblichen Suchen hatte die besorgte Mutter ihren Mann über das Verschwinden des Knaben benachrichtigt. Alles Stehen und Liegen lassend war dieser sofort aus der fernen Stadt herbeigeeilt.

„Vati!"

Klaus schlüpfte aus den Armen der Mutter, eilte, nein er flog auf den Vater zu und flüsterte: „Vati, zu Hause ist es doch am Schönsten." Die Augen glänzten. „Nicht wahr Vati!

„Ja mein Sohn, zu Hause ist es am Schönsten."

Eine schreckliche Begegnung

Es sollte ein herrlicher Sommertag werden. Heiß brannten bereits in den frühen Morgenstunden die Strahlen der Sonne vom azurblauen Himmel. In dem grünen Blätterwald der Kastanienbäume, die Rund um den Nicolaiplatz standen, zwitscherten die Vögel ihr lustiges Lied. Nichts erinnerten hier an die Schrecken des Krieges und die Grausamkeiten, die dieser für die Menschen mit sich brachte.

An diesem frühen Morgen lief eine Frau mit einem kleinen Jungen an der Hand vorbei an diesem Platz, auf dem ein Glockenturm stand. Jeden Abend pünktlich um 18.00 Uhr erklang hier das helle Gebimmel einer Abendglocke.

„Komm trödle nicht, wir sind schon spät dran!"

„Mama, nicht so schnell!"

„Die warten sicherlich schon im Kindergarten auf uns", antwortete sie und schaute den kleinen Jungen aus den Augenwinkel heraus an.

Dieser schien heute nicht so die richtige Lust zu haben, um in den Kindergarten zu gehen.

Der Weg führte sie über eine Brücke, unter der plätschernd das klare Wasser eines Flusses dahin floss, seinen Weg durch die zahlreichen großen und kleinen Steine suchend. Vorbei ging es an zahlreichen Geschäften die rechts und links der engen Straße lagen. Dann lag vor ihnen der Marktplatz, mit den vielen grünen Linden, den zwei mächtigen Tannenbäumen und einer Kirche mit zwei spitzen Türmen.

Sie wollten gerade den Platz überqueren, da erklangen seltsame Geräusche, die aus Richtung des Schwanenteichs zu kommen schienen. Fluchende und brüllende Stimmen waren es, die immer lauter wurden. Diese wurden von schlurfenden Geräuschen untermalt.

„Mama, was ist da los?" wollte der kleine Junge neugierig geworden sofort wissen.

Obwohl, die Mutter schon ahnte, was die Geräusche verursachte, antwortet sie ausweichend: „Ich weis es nicht!"

Den Jungen fester an der Hand ergreifend wollte sie so schnell wie möglich den Platz überqueren.

Aber der Junge wollte nicht und sie musste ihn förmlich hinter sich herziehen.

Und dann war es auch schon zu spät.

Um die Ecke, der Straße die aus Richtung des Schwanenteiches kam, tauchten seltsam gekleidet Menschen auf. Auf dem holprigen Kopfsteinpflaster schlurften die Holzpantinen, die diese Menschen anhatten wie im gleichmäßigen Takt einer unheimlichen, ängstlichen Uhr.

Es war eine Kolonne von taumelnden Gestalten, Menschen mit tief eingefallenen Augen, deren Knochen von Haut wie Leder bedeckt waren. Die blaugestreifte Kleidung hing nur so schlotternd um die ausgemergelten Körper.

„Mutti, was sind das für Menschen?", wollte der kleine Junge wissen, der erschrocken stehen geblieben war.

Vornweg lief ein Mann mit schwarzer Mütze auf dem Kopf und schwarzer Armbinde über der gestreiften Kleidung. Er trug ein grünes Dreieck an der Brust und als einziger Stiefel.

„Mutti sag schon, was sind das für Menschen?"

Neben der Kolonne liefen schwarzgekleidete Männer, an ihren Mützen einen Totenkopf. Sie hatten die Maschinenpistolen im Anschlag und aus den geöffneten Pistolentaschen an den Gürteln schaute der Kolben, der darin steckenden Waffe.

„Mutti, jetzt sag doch etwas? Was sind das für Menschen?"

„Jetzt nicht mein Junge … Später!"

Die Mutter wollte den Jungen in die nächste Gasse ziehen um ihm den weiteren Anblick der abgezehrten, schmutzigen Gestalten in ihren schweren Holzpantinen, in der dünnen gestreiften Kleidung zu ersparen.

11

Solch einem jämmerlichen Haufen von Menschen war sie ja nicht das erste Mal begegnet und wusste, was das für Menschen waren.

Aber der kleine Junge sträubte sich und so bekam er mit, was weiter geschah.

Wie Marionetten zogen die armen Menschen vorbei, im gleichmäßigen Tritt ohne mit den Armen zu schlenkern.

Erschrocken zuckte der Junge zusammen, als plötzlich einer der Schwarzgekleideten zwischen die Marschierenden sprang und auf sie einschlug. Einer der Blaugestreiften blieb mit blutendem Kopf am Boden liegen.

Sofort halfen ihm andere auf die Beine, hakten ihre Arme unter und führten ihn weiter.

Es war ein fürchterliches Durcheinander entstanden.

„Mutti, Mutti, was macht der Mann da? Warum hat er den dort geschlagen?"

Und dann immer wieder das Gebrüll: „Schneller …!"„Schneller ..! Ihr seit nicht zum Faulenzen hier!" der nebenher laufenden Schwarzgekleideten, das jetzt von lautem Hundegebell, das vom Ende der Kolonne kam übertönt wurde.

Hier liefen die Hundeführer mit ihren Bluthunden. Bei dem entstandenen Durcheinander waren die Hunde nahe genug an ein gestreiftes Bein herangekommen und schnappten mit ihren roten Rachen zu.

„Schneller …! Schneller …! Vorwärts ihr faules Pack!"
Das Trippeln wurde schneller.

Nach kurzer Zeit war die Ordnung wieder hergestellt und die Kolonne marschierte, die Straße hinunter die Richtung Bahnhof führte.

Die Uniformierten mit dem Totenkopf an der Mütze lachten und hin und wieder bellte ein Hund.

Und dann war der Spuk vorbei.

War es wirklich ein Spuk gewesen?

Nein, es war kein Spuk gewesen! Nur wusste die Mutter nicht, wie sie dies ihrem kleinen Jungen erklären sollte, dass er es verstehen würde.

„Mama, was war das?"

„Ich erkläre es dir, wenn wir wieder zu Hause sind, nicht jetzt!"

Man konnte das Entsetzen und den Schrecken, den der Junge, beim Anblick der Kolonne erfasst hatte, immer noch ansehen und sicherlich würde ihn das Erlebte bis in den nächtlichen Schlaf verfolgen.

Für viele war dieser Anblick der Zebras die in Begleitung der schwarzgekleideten SS-Wachen mit Totenkopf an der Mütze auftauchten nichts neues mehr. Es hatte sie ja nicht unvorbereitet getroffen. Viele hatten sich seit Bestehen der Naziherrschaft an die Ausgrenzung, Verfolgung und Ausbeutung angeblich rassisch Minderwertiger gewöhnt. Die tägliche faschistische Propaganda war bei ihnen auf fruchtbaren Boden gefallen.

Und trotz alledem war es für viele unerklärlich und unvorstellbar. Ja sie selbst konnte es kaum verstehen, das Menschen durch unzureichende Versorgung mit Lebensmittel, Kleidung und durch kräfteverschleißende Arbeitsbelastung über die Leistungsgrenze des Menschen hinaus umgebracht wurden. Seelische Erniedrigung durch körperliche Gewalt und Schikane, das Vorenthalten ausreichender Ernährung, Kleidung, Unterbringung und Krankenversorgung sowie die kräftezehrende körperliche Arbeit der Fremdarbeiter, Kriegsgefangenen und KZ-Häftlingen.

Wie sollte da die Mutti, die richtige Erklärung für ihren kleinen Jungen finden?

Und dann noch die Erklärung, was das für Menschen waren, angeblich nur Menschen zweiter Klasse, Angehörige einer minderwertigen Rasse.

Egal, wie die Erklärung ausfallen würde. Er würde es jetzt einfach noch nicht verstehen.

Vielleicht einige Jahre später!

Sein Freund der Igel

Mit riesigen Schritten hielt der Herbst seinen Einzug. Goldgelb färbten sich die Blätterkleider der Laubbäume und viele Tiere im Wald und auf der Flur, begannen sich auf den nahenden Winter vorzubereiten.

So auch die Igel.

Viele von ihnen hatten sich bereits ein warmes Plätzchen aus Laub und Moos in einer Baumhöhle, unter Holzstapeln oder Reisighaufen zurechtgemacht, um darin ihren Winterschlaf zu halten. Nur ein kleiner Igel dachte nicht daran, dass es bald grimmig kalt werden könnte. Auf seinen kleinen Füßen trippelte er hurtig durch den verwilderten Vorgarten, suchte nach Schnecken, grub mit spitzen Schnäuzchen nach Würmern und fing Insekten.

Ein mit Steinplatten belegter Weg führte, zwischen wuchernden Pflanzen, direkt zu dem mit Schilf bedeckten Bauernhaus. Und jedes Mal wenn sich die letzten Sonnenstrahlen in den Glasscheiben der schmalen Fenster fingen, schien es, als wenn diese über die herbstliche bunte Vielfalt hinweg zu der in unmittelbarer Nähe vorbeiführenden Landstraße schelmisch hinüber blinzelten.

Da, was war das?

An einem der Fenster schob eine Kinderhand, die nicht mehr ganz weiße Gardine zur Seite.

Ein blonder Strubbelkopf schaute heraus und beobachtete mit schelmisch blickenden Augen das Treiben des Igels.

Wer war der kleine Pfiffikus?

Es war der achtjährige Uli. Bereits seit Frühjahr, Tag für Tag, beobachtete er die Betriebsamkeit des stachligen Kerls. Jedes Mal huschte über das Gesicht des Knaben ein Lächeln, wenn der Igel einen Frosch fangen wollte oder hinter einer wieselflinken Maus her lief. Natürlich war die Maus schneller und verschwand in einem Erdloch.

Zu gerne hätte Uli einmal den Igel gefangen. Wenn er nach ihm griff, rollte sich das putzige Tierchen blitzschnell zu einer stachligen Kugel zusammen. Und die mochte er nun nicht anfassen.

Jedes Mal hockte der Junge dann vor dem zusammengerollten Wesen und wartete geduldig darauf, dass der Igel seine Abwehrstellung aufgab. Es dauerte eine geraume Zeit, ehe die stachlige Kugel sich langsam aufrollte. Erst kam ein niedliches spitzes Schnäuzchen zum Vorschein, dann die schwarzen Äugelein, die den Blondschopf schelmisch anzuschauen schienen. Und schon verschwand der Kleine mit schnellen Trippelschritten im Tiefen Gras.

Ende Oktober wurde es über Nacht plötzlich sehr kalt.

Als Uli am Morgen aufwachte, kuschelte er sich in die mollig warmen Federkissen seines Bettchens. Da fiel ihm mit Schrecken sein kleiner Freund ein. Was würde er wohl bei dieser Kälte machen? Hatte er irgendwo Schutz gefunden?

Mit den Füßen schleuderte der Knabe die Zudecke beiseite, sprang aus dem Bett und eilte geschwind in die Wohnstube. Hier schlüpfte er schnell in Hemd und Hose, um dann ungestüm hinaus ins Freie zu stürmen. Suchend sah er sich nach seinem Igel um.

Und da lag er. Zusammengerollt, ganz steif, unter einem Stachelbeerstrauch.

Uli bückte sich. Er streckte zögernd die Hand nach dem Igel aus um ihn dann ganz vorsichtig umzudrehen.

Der Igel bewegte sich nicht, starr und steif lag er da.

Schnell holte der Bub aus dem Haus einen alten Schuhkarton und legte das stachlige Wesen hinein. Den Karton samt Igel trug er dann in die gute Stube und stellte ihn hinter den warmen Kachelofen.

Die Zeit verging, aber der Igel wollte und wollte sich nicht bewegen.

Ganz kribbelig wurde da der Junge. Es war ja auch kein Wunder, denn die Zeit zum Lernen rückte unerbittlich heran und er trennte sich nur schweren Herzens von dem armen Tier.

Zur Qual wurde an diesem Tage die Schule. Uli verfolgte nur mit halbem Ohr den Unterricht, denn in seinen Gedanken weilte er bei dem stachligen Wesen, das so leblos dagelegen hatte.

Kaum ertönte die Schulglocke, da stürzte Uli aus dem Klassenzimmer, stürmte die steinernen Stufen der Schultreppe hinunter und eilte geschwind nach Hause. Wie groß war seine Freude, als ihm der kleine Kerl auf dem Teppich entgegengelaufen kam.

„Sicherlich bist du durstig." Der Knabe holte frisches Wasser und goss es auf den kleinen Teller.

Vorsichtig trippelte der Igel heran – schnupperte – dann hörte Uli ihn schon schmatzen. Leuchtender Glanz trat in die Augen des Jungen, als er sagte: „Das schmeckt dir gut mein Kleiner." Vorsichtig strich er über das Stachelkleid.

Sofort rollte sich der Igel zusammen und nahm seine Abwehrstellung ein, sodass die zwei Zentimeter langen, spitzen Stacheln nach allen Seiten starrten. So waren der Kopf, Beine und die leicht verletzbare Unterseite geschützt. Es dauerte eine Weile, bis er sich vorsichtig aufrollte, den Kopf behutsam hervorstreckte und mit seinem spitzen Schnäuzchen schmatzend das letzte Wasser vom Teller schleckte.

Am Nachmittag, als die Mutter von der Arbeit nach Hause kam, begrüßte Uli sie, mit seinem kleinen Freund, der zutraulich auf seinem Arm hing.

„Aber Uli", sagte die Mutter. „Setz sofort den Igel hinaus in den Garten. Er ist doch voller Flöhe und Zecken."

Ganz traurig wurde da der Junge und sprach mit zaghafter Stimme: „Mutti, er wird bei der Kälte im Garten frieren, denn er hat sich kein warmes Plätzchen für den Winter eingerichtet und etwas zum Fressen findet er auch nicht mehr."

Beide überlegten, wie sie dem armen Kerl helfen konnten. Nach langem Suchen fanden sie im Schuppen eine alte Holzkiste, die sie mit Laub und Heu auspolsterten. Kaum hatten sie den Igel hineingesetzt kuschelte sich dieser unter die warme Polsterung und war bald ganz verschwunden. So hatte der Arme doch noch ein wunderbares Versteck für seinen Winterschlaf gefunden.

Uli vergaß nicht, seinen Igel weiter zu beobachten. Er wusste, dass dieser Wachpausen während des Winterschlafes hatte, und dann musste er ja Futter und etwas zu trinken vorfinden.

Lange Zeit geschah nichts.

Der Igel schlief.

Aber eines Tages war es dann soweit.

Der Knabe sah voll Freude, wie das stachlige Kerlchen aus seinem Versteck hervorkroch, herumschnupperte und sich dann Wasser, Mohrrübe und Apfel schmecken ließ.

Uli stand ganz dicht dabei und berührte ihn vorsichtig.

Diesmal rollte sich der Igel nicht zusammen, sondern schmatzte mit Wohlbehagen weiter. Als er schließlich satt war, verkroch er sich wieder in seinem kuscheligen Versteck.

Die Wachpausen seines Schützlings erlebte der Junge noch einige Male.

Der kleine stachlige Kerl wurde immer zutraulicher, hob sein Schnäuzchen und schaute Uli mit seinen schwarzen Äugelein an, als ob er sich bedanken wollte.

Als das Frühjahr nahte, blieb der Igel immer länger wach, lief im Stall und im Garten umher. Uli suchte ihn oft in allen Ecken, unter den Büschen und Sträuchern. Tagsüber meist vergeblich, doch am Abend kam der stachlige Geselle immer wieder zum Wasser trinken zurück.

Liebevoll sagte der Junge dann jedes Mal: „Ich weiß, du bist mein kleiner Freund und wirst mich nicht verlassen.“

Doch eines Abends wartete Uli vergeblich, sein kleiner Freund kam nicht, und auch am nächsten Abend blieb das frische Wasser unberührt. Traurig blickte Uli seine Mutter an, ein paar Tränen schimmerten in seinen Augen, als er fragte: „Warum nur kommt er nicht wieder?“

Die Mutter strich dem Jungen zärtlich über das blonde Haar und antwortete: „Sicher hat er Igelfreunde gefunden, feiert vielleicht sogar Igelhochzeit und wird bald kleine Igelkinder haben, für die er sorgen muss. Da hat er keine Zeit mehr, um zu uns zu kommen."

Obwohl Uli dies einsah, stellte er noch lange Zeit frisches Wasser in den Garten und hielt jeden Tag Ausschau nach seinem kleinen Freund.

Vielleicht erinnert sich der Igel doch einmal wieder an seinen Freund und kommt ihn dann mit seiner Igelfrau und den kleinen Igelkindern besuchen ...

STÄHLERNE VÖGEL HOCH AM HIMMEL

In einem Sandkasten, gleich hinter dem Haus saß ein kleiner Junge und versuchte aus dem Sand eine Burg zu bauen. Wenn er dachte, er hatte einen Turm fertig rutschte er wieder zusammen. Aber dies störte ihn nicht, denn er setzte unermüdlich seine Bauarbeiten fort und formte mit seinen kleinen Händen einen neuen Turm.

Der Himmel war dunstig und im Westen türmten sich riesige Wolkenberge auf, hinter denen sich der goldgelb glühende Ball der Nachmittagssonne versteckte.

Plötzlich hielt der kleine Junge inne, schaute nach oben und schien am Himmel irgendetwas zu suchen. An seine Ohren war ein immer lauter werdendes Geräusch gedrungen. Und dann sah er die

Schatten riesiger dunkler Vögel, die mit Gedöns über ihn hinweg huschten.

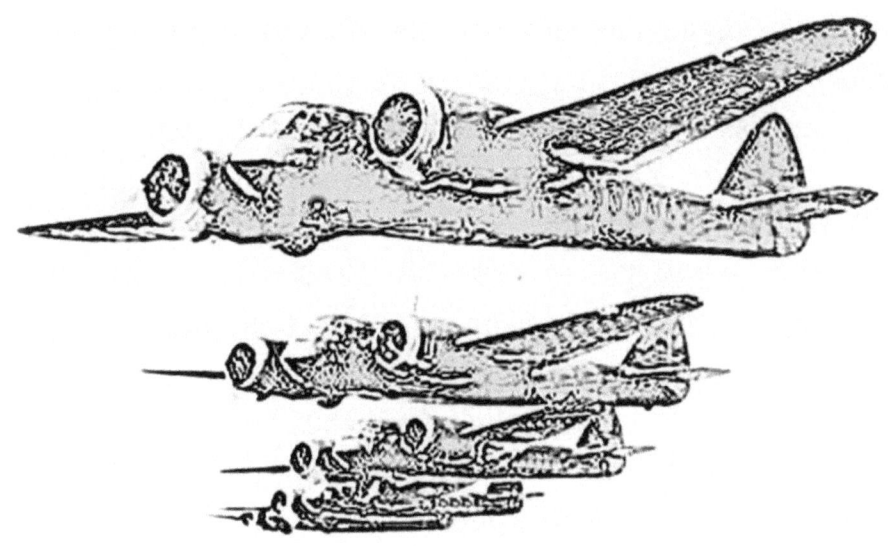

Was war das?

Es war das anschwellende Dröhnen von Flugzeugmotoren das in der Luft hing. Niedriger als sonst brausten die Maschinen heran, überflogen im Tiefflug die Häuser der Stadt und verschwanden mit unheilvollem Dröhnen in der Ferne.

Mit angstvollen Blicken verfolgte der kleine Junge, die stählernen Vögel.

Seine Mutter, die in diesem Moment aus dem Fenster schaute verfolgte mit Argwohn und Unruhe die Flugzeuge. In ihren Augen flackerte die Angst.

Dann horchten beide auf, denn in der Ferne war minutenlang ein Rollen und Grummeln zu hören.

Am nächsten Tag wiederholte sich das gleiche Schauspiel, nur diesmal zogen die stählernen Vögel hoch oben am wolkenlosen blauen Himmel dahin.

Eines Nachts wurde dann der kleine Junge, durch das anhaltende Dröhnen einer Sirene, das ihm unter die Haut ging aus dem Schlaf gerissen.

Kaum war das an den Nerven zerrende Geheul verstummt, kam eilig die Mutter ins Zimmer gestürzt und sprach ganz aufgeregt: „Schnell mein Junge zieh dich an, wir müssen sofort in den Luftschutzkeller!"

„Mutti, was ist denn?" kam es ganz ängstlich über die Lippen des Kleinen.

Später! … Später! … Beeile dich, wir haben keine Zeit!"

Schnell schlüpfe der Junge in seine Sachen, die auf einem Hocker gleich neben seinem Bett lagen.

„Nun beeile dich schon" drängelte die Mutter.

In der einen Hand, eine Tasche mit den notwendigsten Utensilien an der anderen Hand den kleinen Junge stürzte die Frau aus dem Haus. Schnellen Schritts ging es vorbei an einer kleinen Kirche, die auf einem mit Rasen bewachsenen und mit Kastanienbäumen umsäumten Platz stand.

Erneut ertönte das Nervenaufreibende auf- und abklingen der Sirene.

Dunkle Wolken jagten am nächtlichen Sternenhimmel dahin. Ab und zu gelang es dem Mond mit seinem fahlen Licht hindurch zu dringen. Hier und dort blinkten helle Sterne durch die dahinhetzenden Wolkenfetzen.

Das Heulen der Sirene, der widerliche Ton des Luftalarms wollte, und wollte kein Ende finden.

Gerade als die Mutter mit ihrem Jungen die Brücke überquerte, unter der plätschernd das Wasser dahinschoß, überlagerte den Sirenenton an immer lauter werdendes Geräusch, das aus Richtung Westen kam.

Jetzt begann die Mutter zu laufen und riss den kleinen Jungen an der Hand förmlich hinter sich her.

„Mama, nicht so schnell!" kam es im weinerlichen Ton über seine Lippen.

„Mein Junge es geht nicht anders. Schnell wir müssen es schaffen, bevor die Flugzeuge hier sind."

Ganz außer Atem überquerten sie den Marktplatz auf dem eine Kirche mit zwei spitzen Türmen und großen Tannenbäumen standen.

In dem Moment als der ausrollende Brummton, der Sirene noch in der Luft hing erreichten sie das Haus, in dem sich der Luftschutzkeller befand, ein alter Bierkeller.

Atemlos stürzten sie die schwach beleuchtete Treppe hinab. Rechts und links auf den steinernen Stufen standen mit Wasser gefüllte Eimer.

„Sieh Mamma, hier gibt es sogar eine Sandkiste!"

„Die ist aber nicht zum Spielen da. Den Sand braucht man um ein Feuer zu löschen!"

Enttäuscht kam ein: „Das verstehe ich nicht!" über seine Lippen.

„Komm wir müssen uns jetzt ein Plätzchen suchen. Ich erkläre dir alles später."

Gerade rechtzeitig hatten Mutter und Sohn den Luftschutzkeller erreicht, das anschwellende Dröhnen von Flugzeugmotoren schien jetzt direkt in der Luft über der Kleinstadt zu hängen.

Ganz am Ende des Kellers stand ein alter Sessel, in dem die Mutter sich niederließ, den kleinen Jungen auf den Schoß nahm und an sich drückte, dabei immer seine Wangen zärtlich streichelnd.

Diffuses Licht.

Brennende Glühbirnen hingen in blanken Fassungen an zwei Drähten von der Decke herab und tauchten den Keller in ein schummriges Licht, das nicht gerade beruhigend auf den kleinen Jungen wirkte.

„Mutti, ich habe Angst!"

„Du brauchst keine Angst zu haben. Wir sind hier sicher!"

Hier und dort saßen Mütter auf dem kalten Kellerboden, ihre Kinder in den Armen, die wieder eingeschlafen waren. Und die Erwachsenen saßen übermüdet, bleich und teilweise abgestumpft an die Wand des kahlen Kellers gelehnt. Dort saß ein alter Mann, der leise vor sich hinmurmelte. An einer anderen Stelle eine junge Frau, die Hände zum Gebet gefaltet. Vielen von ihnen konnte man die pure Angst ansehen, die ihre Gesichter abstrahlten. Leichenblässe, zitternde Lippen und geweitete Augen, aus denen das blanke Entsetzen sprach.

Alle hatten aber eins gemeinsam sie lauschten ängstlich dem Dröhnen der Flugzeugmotoren, die bis hinab in den Keller drangen.

Ist das ein richtiger Angriff auf unsere Stadt?

Jetzt ist alles aus.

Nun kommt das Ende.

Nicht nur dem kleinen Jungen, sondern allen hier unten beschäftigten die gleichen oder ähnliche Gedanken.

Plötzlich ein Krachen und Donnern.

Der kleine Junge zuckte erschrocken zusammen und flüsterte:

„Mama was war das?" Dabei drängte er sich ängstlich an die Mutter, als wollte er sie nie mehr loslassen.

Ein Gewitter war es nicht.

Es war das Rumsen, der krachenden Einschläge der schweren Bomben, die bis in den Keller hinein zu hören waren.

Selbst der Erdboden schien leicht zu beben.

Vergeblich waren die Bemühungen den Sohn zu beruhigen. Ob wohl er nichts mehr sagte, konnte man es den Augen ansehen, aus denen die blanke Angst blickte.

Der Mutter blieb nichts anderes übrig, als ihren Sohn an sich zu drückten und ihn immer und immer wieder zärtlich über die Haare zu streicheln, dabei flüsterte sie: „Es wird alles gut … Es wird alles gut … Es wird alles gut, meine Kleiner."

Irgendwie schien die Zeit, hier unten stehen geblieben zu sein. Jeder hing seinen eigenen Gedanken nach, aus denen, der Entwarnungston der Sirene sie erst in die Wirklichkeit zurückholte.

Wie lange waren sie schon hier unten?

Was war geschehen?

Keiner konnte darauf eine schlüssige Antwort geben, noch nicht. Denn mit dem Verlassen des Luftschutzkellers sollte sie die grausame Wirklichkeit einholen.

Als sie hinaus ins Freie traten, wehte ihnen ein feuchtwarmer Wind entgegen.

Alle schauten sich um. Es schien ein Stein noch auf dem anderen zu stehen.

„Mutti was ist das denn da?", unterbrach der Junge die Stille und er zeigte mit seiner rechten Hand Richtung Osten.

Es war eine schwarze Rauchwolke, durchzuckt vom hellen Feuerschein.

„Dort brennt eine Stadt. Es waren die Flugzeuge, die du gehört hast, die haben sie angesteckt."

Die Stadt war schwer getroffen worden. Nicht nur Bomben purzelten aus den Flugzeugen, sondern auch Kästen waren dabei, die im Heruntertrudeln eine Flüssigkeit verloren, die bereits in der Luft zu brennen begann. Die herabschwebenden glühenden Wolken strahlten eine fürchterliche Hitze aus.

Schwere Sprengbomben zerschmetterten ein Haus nach dem anderen, rissen Straßen auf, verschütteten oder zerquetschten Menschen.

Schlag auf Schlag folgten furchtbare Erschütterungen, denen ohrenbetäubendes Getöse folgte.

Mauerreste, Steine, Kies, Erde und Glas prasselten durch die Luft.

Ein Feuersturm raste durch die Straßen und Gassen, immer wieder angefacht durch die gierigen Flammenzungen der Phosphorbrände, die ständig neue Nahrung suchten. Eine riesige Lohe von Qualm, Funken und aufgewirbelten Partikeln der verschiedensten Art stiegen hoch in den Himmel.

Dieses grausame Schicksal war der Heimatstadt des kleinen Jungen Gott sei Dank erspart geblieben.

Noch nächtelang danach verfolgten den Jungen in seinen Träumen das Dröhnen der Flugzeugmotoren, der schummrige Luftschutzkeller und die Bilder brennender Häuser. Es waren die reinsten Alpträume.

Die Amerikaner kommen

Ein kleiner Junge, nennen wir ihn Peter, saß auf den frisch gebohnerten braunen Fußbodendielen des Wohnzimmers. Vor ihm lagen die ausgepackten Teile eines Stabilbaukastens verstreut. Er war gerade dabei aus einzelnen metallenen Teilen einen Kran zusammen zu bauen.

Doch da, was war das?!

Ein immer lauter werdendes klirren, scheppern und rasseln drang an sein Ohr. Jetzt begann sogar der Fußboden leicht zu zittern und die Fensterscheiben vibrieren.

Mehr Neugierig, als erschrocken sprang der Junge auf und eilte zur Haustür, um zu sehen, was da los sei.

Auf der Steinstufe vor der Haustür saß der Vater, der mit wachsender Unruhe, die Straße hinauf nach Westen schaute.

„Papa, was ist los?", wollte der kleine Peter wissen.

„Kann ich dir nicht sagen. Ich weiß es nicht. Aber irgendwie kann es nichts Gutes bedeuten."

Das immer lauter werdende rasselnde Geräusch schien aus der Richtung des nächsten Ortes zu kommen, der im Westen lag. Das Geräusch wurde übertönt von knatterndem Motorenlärm, der ebenfalls immer lauter wurde.

Und dann geschah es!

Stählerne Kästen, an den Seiten Ketten aus Stahl, die über große und kleiner Räder liefen. Und bei jedem dieser Ungetüme schien ein langes Rohr, wie ein riesiger Bleistift herauszuragen.

Was war das, das da die Straße heruntergerollt kam?

Mit ängstlichem Blicken schaute Peter, diesen unheimlichen stählernen, angsteinflößenden Kolossen entgegen.

Der Motorenlärm und das Rasseln der Ketten waren jetzt unerträglich geworden.

„Was sind das für seltsame Fahrzeuge, die so einen Lärm machen?", wollte Peter wissen.

„Es sind amerikanische Panzer, mein Sohn."

Peter glaubte seinen Augen nicht trauen zu können. Da saß doch auf dem ersten Panzer ein Mann, etwas unbeholfen und klammerte sich verzweifelt an dem Rohr fest, um nicht von dem langsam dahin fahrenden Gefährt herunterzufallen.

„Papa wer ist das dort?"

Keine Antwort.

„Papa kennst du den Mann?"

„Ja, ich kenne ihn!"

„Und was macht dann der da auf den Panzer?"

„Er ist sicherlich den Panzern entgegen gegangen um das Schlimmste zu verhindern."

„Aber wieso sitzt er dann da vorn auf den Panzer?"

„Vielleicht haben sie ihn als Geisel genommen … oder als Kugelfang … oder als Stadtführer? Ich weiß es nicht. Vielleicht ist er auch alles zusammen!"

Fünf Panzer rollten die Straße herunter.

Als der Fahrer des ersten Panzers den Jungen in der Tür stehen und den Mann auf der steinernen Treppe des Hauseinganges sitzend sah, fuhr er direkt auf den Bürgersteig und hielt direkt vor der Haustür an.

Hinter ihm kamen die ihm folgenden Fahrzeuge zum Stehen.

Oben auf dem Fahrzeug öffnete sich eine Luke. Erst erschien der Kopf eines Mannes mit einer seltsamen Haube, der sich als ein dunkelhäutiger Mann in einer dem Jungen fremden Uniform entpuppte. Er hielt in der einen Hand eine Flasche Schnaps und in der anderen eine Pistole.

Erschrocken floh Peter in den Hausflur zurück. Schloß die Haustür bis auf einen kleinen Spalt, durch den er beobachtete was jetzt da draußen wohl geschehen würde.

„Komm her!", befahl der Mann mit der dunklen Haut in einem seltsamen Deutsch dem Vater. Der musste jetzt aus der Flasche trinken, danach bekam er noch eine Zigarette gereicht. Die restliche

Packung warf der Mann, der in der Luke des Panzers stand einfach auf die Hausflurtreppe.

Die Straßen waren wie ausgestorben. Die Bewohner standen hinter den Gardinen der Fenster und verfolgten das Geschehen oder waren in den Keller ihrer Häuser geflüchtet.

Nach den Panzern kamen ca. 50 Soldaten, Stahlhelme auf den Häuptern mit Gewehren im Anschlag. Sie gingen rechts und links der Straße dicht an den Häusern entlang und beobachteten jedes Fenster.

Die Ersten blieben bei meinem Vater stehen, der ruhig in der Nische des Hauses saß, als würde ihm das alles nichts angehen.

Einer der Soldaten unterhielt sich mit seinem Nebenmann und beobachtete aufmerksam das Gebäude.

Als der sah, dass mein Vater sich nicht aus der Ruhe bringen ließ, schüttelte er mit dem Kopf und ging weiter.

Eine weiße Rauchwolke ausstoßend heulte der Motor des Panzers laut auf. Das stählerne Ungetüm ruckte an. Rasselnd und dröhnend rollte es die Straße hinab, vorbei an einem Platz, auf dem ein Glockenturm stand, Richtung Ortsmitte.

Auf den schwankenden Stahlplatten der sich mühsam festhaltende Mann.

Jetzt erst folgten dem Panzer, Kraftwagen auf Kraftwagen. Die Kolonne rollte über eine Brücke, unter der lustig das klare Wasser eines Flusses zwischen den Steinen dahin plätscherte. Endlich auf dem Marktplatz der Stadt hielt der Führungspanzer leicht in den Ketten wippend ruckartig an. Hinter ihm kam ein Fahrzeug nach dem anderen zum Stehen.

Wie nun einmal kleine Jungens sind, sie sind neugierig und so auch Peter. Bevor die Eltern mitbekamen, was da geschah, hatte der Junge flink wie ein Wiesel das Haus verlassen und lief geschwind zum Marktplatz.

Es dauerte nicht lange, da eilten weitere Kinder zur Mitte des Ortes. Und es wurden immer mehr.

Der Marktplatz, wo die stählernen Kolosse standen, einer hinter dem anderen, wobei der hintere mit seinem langen Rohr den vorderen jedes Mal überragte, schien die neugierigen Buben wie ein Magnet anzuziehen.

Aber was für die kleinen Jungen noch interessanter war, es waren die schwarzhäutigen Soldaten. Sie wurden von allen bestaunt.

Viele von ihnen kannten die Geschichte von dem schwarzen Buben aus dem Struwwelpeter. Und diese hier waren doch so ganz anders wie der schwarze Bube. Sie waren freundlich und lächelten den Kindern zu. Hier und dort winkte einer, den einen und anderen Sprössling zu sich heran und schien diesen etwas zu geben.

Peter war neugierig geworden, was das wohl sein könnte? Und als ihn einer dieser Männer ebenfalls zu sich heranwinkte, lief er, ohne zu zögern zu ihm hin. Groß wie Wagenräder wurden Peters Augen, als er sah, was der Mann ihm da reichte.

Schokolade war es. Ja es war Schokolade!

Peter konnte es nicht glauben und er zögerte für den ersten Moment sie zu nehmen.

Die freundlich blickenden Augen des Mannes schienen jedoch zu sagen: Na nimm schon!

Jetzt riss Peter dem Mann förmlich die Schokolade aus der Hand, drehte sich um und lief davon, dabei die Schokolade fest gegen seine Brust zu drücken.

Wie lange war es her, wo er das letzte Stückchen Schokolade gegessen hatte?

Er konnte sich nicht mehr daran erinnern, so lange war das schon her.

Die Eltern hatten bereits das Verschwinden ihres Sohnes bemerkt und machten sich große Sorgen, das ihm etwas passieren könnte. Immerhin gehörten die Amerikaner ja zu ihren Feinden die sicherlich nichts Gutes im Schilde führten.

Beim Öffnen der Haustür fuhr die Mutter auf. Ein dickes Buch hätte man sicherlich davon schreiben können, was das Herz der armen Frau gefühlt haben mochte und was ihr alles durch den Kopf gegangen war, seit der Junge zum Marktplatz davon gerannt war.

„Mama, Mama! Sieh mal, was ich hier habe? Schokolade!"

„Wo hast du die her? Sag schon, wo du sie her hast?"

Peter konnte die ganze Aufregung seiner Mutter überhaupt nicht verstehen und er antwortete: „Na von, einem schwarzen Mann!"

Entsetzen spiegelte sich auf den Gesichtszügen der Mutter wieder und sie sprach: „Bist du von allen guten Geistern verlassen! Wie kannst du nur von unseren Feinden etwas nehmen!" Sie holte mit der rechten Hand aus und verabreichte ihrem Sohn eine schallende Backpfeife.

Peter wusste überhaupt nicht, wie ihm geschah. Weinend verschwand der kleine Junge im Zimmer, wo die Teile seines Stabilbaukastens noch auf den Fußboden lagen.

„Warum hast du das getan? Wieso hast du den Jungen geschlagen? Er hat sich doch so über die Schokolade gefreut", schnauzte der Vater die Mutter sofort an.

„Wie kannst du nur so reden. Sind es nicht unsere Feinde? Vielleicht haben sie mit unseren Kindern Übles vor. Man kann es nicht wissen?"

„So ein Blödsinn der Krieg ist vorbei. Und das ist auch gut so. Er hat nur Leid und Elend über uns gebracht. Begreif das endlich!"

DER RUMMEL KOMMT

Vom strahlend blauen Sommerhimmel brannte die Sonne hernieder. Wie ausgestorben lagen die Straßen der Kleinstadt da, über deren Kopfsteinpflaster die heiße Luft flimmert. Nicht ein Lufthauch bewegte sich.

Die Menschen hatten sich vor dieser brütenden Mittagshitze in ihre Wohnungen zurückgezogen oder ein schattiges Plätzchen unter dem Blätterdach der zahlreichen Bäume gesucht.

Klaus, ein Junge von fünf Jahren hatte sich in die Kühle des Wohnzimmers zurückgezogen. Neugierig schaute er durch das Fenster, an deren Scheibe er seine Nase platt drückte, auf die in blendender Helle liegende Straße.

In die Straße bog gerade eine Wagenkolonne ein. Wohnwagen, an Wohnwagen, Transportwagen an Transportwagen gezogen von Traktoren ratterten auf dem holprigen Pflaster vorbei.

„Mama der Rummel kommt!", rief der Junge begeistert.

Ehe die Mutter überhaupt antworten konnte, war Klaus flink wie ein Wiesel aus der Wohnstube geschlüpft. Im Hausflur schnappte er sich sein Rollrad, ein Kinderwagenrad, in dessen Nabe ein kurzer Holzstock steckte. Ergriff den danebenstehenden Stecken, er benötigte ihn zum Vorwärtsschieben des Rades.

Klaus lief neben der langsam fahrenden Kolonne her. Vor ihm rollte das Kinderwagenrad, das er mit dem Stab in der Hand anschob und in die gewünschte Richtung lenkte.

Am Ortsausgang befand sich der Rummelplatz, eine große grüne Wiese auf der eine Reihe Kastanienbäume kühlen Schatten spendeten.

Kaum hatte die Kolonne die Wiese erreicht begann emsiges Treiben. Kommandos schallten über den weiten Platz. Männer und Frauen liefen wie aufgeschreckte Ameisen zwischen den Wagen umher.

Es dauerte keine halbe Stunde, da war von der Kolonne nichts mehr zu sehen. Die Traktoren hatten die Wagen auf der Wiese nach einem bestimmten System verteilt.

Am blauen Himmel zogen kleine weiße Wolken auf, die für kurze Zeit die Sonne verdeckten. Sie brachte für einen Moment eine kurze Erholung für Mensch und Tier vor dem sengenden Atem der Sonne.

Schon standen die ersten Holzbalken senkrecht. Schnell wurden sie durch schmale Querlatten verbunden. Es dauerte nicht lange und man konnte erkennen, dass es eine Schießbude werden sollte.

An anderer Stelle war der Aufbau des Kettenkarussells in vollen Gang und unmittelbar daneben konnte man bereits die Umrisse der Gespensterbahn erkennen. Mitten auf dem Platz luden die Männer die Kähne für die Luftschaukel ab.

Zwischen den Balken und Brettern, den bunt bemalten Tafeln und den Lichterketten, den hin und her eilenden Leuten vom Rummel tummelte sich Klaus. Sein Rollrad war vergessen, es lag einsam und verlassen unter einem der Wohnwagen.

Mit Eifer war Klaus dabei die Leute vom Rummel bei ihrer Arbeit zu helfen. Er schleppte kleine Bretter, holte Schrauben und reichte auf Zuruf den großen Schraubenschlüssel.

„Hast du eine Schwester?", rief ihm ein junger dunkelhaariger Mann zu.

„Ja!"

„Kleiner, die kannst du heute Abend einmal vorbeischicken!"

Das fröhliche Gelächter der Leute vom Rummel begleitete die Bemerkung.

Klaus bemerkte in seinem Eifer nicht, dass drohende Gewitterwolken am Himmel aufzogen. Der Wind frischte auf und säuselte in den Blättern der Kastanienbäume.

Die ersten Buden waren fertig. Bei der Berg- und Talbahn begann man die Wagen einzusetzen. Die Gondeln der Luftschaukel wurden befestigt und das Kinderkarussell mit seinen Holzpferden, Rennautos, Motorrädern und Straßenbahnen drehte die erste Proberunde.

Klaus hatte vor Aufregung ein rotes Gesicht bekommen.

Aber oh weh, wie sah das Gesicht des kleinen Jungen doch aus? Die Nase hatte eine schwarze Spitze bekommen, auf der Stirn und den Wangen glänzten schwarze Flecke. An den Händen befand sich Wagenschmiere mit denen er sein Gesicht besudelt hatte.

Die Sonne war verschwunden. Windböen wirbelten Staub auf und trieben Papierfetzen vor sich her. Die Zweige der Kastanienbäume bogen sich immer stärker hin und her.

Ein gezackter Blitz flitze über das Himmelszelt, dem ein krachender Donnerschlag folgte.

Klaus kroch vor lauter Schreck unter den nächsten Wohnwagen und machte sich ganz klein.

Es folgte Blitz auf Blitz, Donnerschlag auf Donnerschlag.

Die ersten schweren Regentropfen klatschten auf die ausgetrocknete Erde.

Ängstlich schaute Klaus unter dem Wagen hervor.

Aus den ersten Regentropfen wurde ein starker Regenguss. Es prasselte nur so vom Himmel herunter. Schnell bildeten sich riesige Wasserpfützen auf denen Blasen tanzten.

Und dazwischen immer wieder der grelle Schein der Blitze und das Krachen des Donners.

Die Leute vom Rummel hatten sich vor den herabstürzenden Wassermassen fluchtartig in die Wohnwagen verzogen.

Die Arbeit ruhte.

So plötzlich, wie der Regen begonnen hatte, hörte er wieder auf. Zaghaft drangen die ersten Sonnenstrahlen durch die Wolkendecke, die sich immer mehr verzog.

Und schon brannte die Sonne wieder vom Himmel.

Klaus angelte aus der tiefen Pfütze die sich unter dem Wohnwagen gebildet hatte sein Rollrad, dabei lief ihm das Wasser in die Schuhe.

Der Junge hatte es auf einmal eilig. Die Zeit war wie im Fluge vergangen und er hatte vergessen rechtzeitig zu Hause zu sein. Die Mutter würde sich sicherlich schon sorgen.

Sehnsüchtig schaute er noch einmal zurück.

Auf dem Nachhauseweg beschäftigte ihn die Frage: Was wird die Mutti sagen, dass ich nasse Füße habe?

Als Klaus um die letzte Hausecke bog, sah er schon die Mutter in der Haustür stehen und besorgt nach ihrem Jungen Ausschau haltend. Als sie den kleinen Kerl erblickte, schlug sie die Hände über dem Kopf zusammen und rief: „Junge, wo hast du dich wieder rumgetrieben? Du siehst ja aus!"

„Ich habe Karussells mit aufgebaut", antwortete er stolz.

„Genauso siehst du auch aus ... Vorwärts in die Wanne!"

Die Mutter seifte und schrubbte Klaus von oben bis unten ab. Sie musste sich dabei anstrengen, um die Schmiere abzubekommen. Aber zum Schluss hatte er wieder eine rosige Haut.

Sauber gekleidet stand er dann vor seiner Mutter und blickte mit schelmischen Augen zu ihr auf.

„Das machst du nicht wieder, dass du ohne etwas zu sagen das Haus verlässt und dann noch vollgeschmiert nach Hause kommst. Haben wir uns verstanden?"

„Aber Mutti, ich wollte doch nur helfen."

„Haben wir uns verstanden!", unterbrach ihn die Mutter.

„Ja", kam es kleinlaut über die Lippen des Jungen.

„Bei dem Unwetter hätte dir sonst was passieren können. Der Blitz hätte dich treffen können."

Betretend vor sich hinschauend antwortete er: „Ja, Mutti, ich mache es bestimmt nicht wieder."

„Das hoffe ich doch", sprach die Mutter und verließ das Zimmer.

„Und doch war es schön", rief der Junge leise hinter der Mutter her, dabei überzog ein fröhliches Lächeln sein Gesicht.

Nur gut, dass ihn die Mutter in diesem Moment nicht verstanden hatte.

DAS UNFREIWILLIGE BAD

Von den Spitzen der glitzernden Eiszapfen, die von den Dachrinnen herabhingen, fielen fette Wassertropfen in den sich bildenden Schneematsch. Die Häuser verloren ihre weißen Mützen, an verschiedenen Stellen leuchteten schon die roten Dachziegel hervor. Unter der Schneefläche, die die Felder und Wiesen bedeckte, kamen die braune Ackererde und das Grün der Wiesen zum Vorschein. Durch die eingetretene Schneeschmelze schwollen harmlose Bäche zu reißenden Flüssen.

Erste Schneeglöckchen reckten sich den wärmenden Sonnenstrahlen entgegen.

Die Schule war aus, aber Fritzchen hatte noch keine Lust nach Hause zu gehen. Das dahinschießende Wasser im nahen Bach, der angeschwollen war, übte eine magische Anziehungskraft aus.

Den Schulranzen auf dem Rücken stapfte Fritzchen mit seinem Schulfreund Gerd durch den Schneematsch. Bei jedem Schritt spritzte der nasse Schnee zur Seite. Ihre Schuhe wurden nass und nässer und weichten schließlich durch.

An der Holzbrücke machten sie halt.

Der sonst so friedliche dahin plätschernde Bach war zu einem reißenden Flüsschen geworden. Er schoss gurgelnd dahin.

Weit über das hölzerne Brückengeländer gebeugt beobachteten sie, die auf den Wellen wild dahin treibende Äste und Zweige. Ein Ball schoss, sich wie ein Kreisel drehend, in dem reißenden Wasser dahin.

Der Bach konnte kaum noch die riesigen Wassermassen fassen, sie drohten über die Ufer zu treten.

„Komm wir bauen Papierschiffchen und lassen sie wie die Holzstückchen schwimmen" wendete sich Fritzchen an seinen Schulfreund.

„Das ist zu gefährlich ...! Nein ...! Wenn nun einer in das tiefe Wasser fällt?" antwortet Gerd ängstlich.

„Sei kein Angsthase. Es passiert schon nichts."

Schnell hat Fritzchen seinen Ranzen geöffnet, ein Schulheft heraus genommen, Blätter herausgerissen und schon begann er kleine Papierschiffchen zu falten.

Nur zögernd folgte Gerd dem Beispiel seines Freundes.

„Gerd, du setzt die Schiffchen hier ins Wasser. Ich laufe zum Holzsteg bachabwärts und fische sie wieder heraus."

Gerd war jetzt mit Eifer bei der Sache. Er setzte ein Schiffchen nach dem anderen in den Bach. Lustig tanzten sie auf den Wellen dahin, drehten sich in den Strudeln, trieben am nahen Ufer vorbei und schossen in der reißenden Strömung dahin. Ein Schiffchen schien ein anderes überholen zu wollen. Hier stießen zweie zusammen und dort blieb ein anderes in den dürren Zweigen des Ufergestrüpps hängen.

Fritzchen war schnell zu der Holzbrücke flussabwärts gelaufen. Es war ein schmaler Holzsteg, mit dicken Bohlen belegt. Unter ihm schoss das Wasser hindurch, die Wellenspitzen leckten bereits nach den Planken. So hoch war hier der Wasserstand.

Weit beugte sich Fritzchen über den Rand des Steges und angelte ein Schiffchen nach dem anderen aus dem Wasser.

Zwei Schiffchen wurden von der reißenden Strömung erfasst, bevor sie Fritzchen ergreifen konnte. Sie verschwanden unter dem Steg.

Enttäuscht sah Fritzchen den dahinschießenden Schiffchen nach.

Mit erneutem Eifer beugte sich Fritzchen über den Rand des Steges um ein weiteres Schiffchen aus dem Bach zu fischen. Wieder schien es seinen Fingern entwischen zu wollen.

„Nicht schon wieder. Es sind nur noch zwei", schimpft er.

Fritzchen beugte sich in seinem Eifer noch weiter über den Rand des Steges um das Schiffchen doch noch zu ergreifen.

Da geschah es.

Fritzchen verlor das Übergewicht und plumpste in das kalte Wasser. Kopf über verschwand er in der reißenden Flut. Für den ersten Moment bekam er keine Luft. Das eiskalte Wasser schnürte ihm die Kehle zu und schien seine Bewegungen zu lähmen. Als ihm das Wasser durch Mund und Nase drang, begann er mit den Armen und Beinen wie ein Frosch zu zappeln. Die Beine fanden festen Halt auf dem schlammigen Grund. Der Kopf tauchte aus dem Wasser. Fritzchen schnappte wie ein Karpfen auf dem Land nach Luft. Erneut wurden ihm durch die starke Strömung die Beine weggerissen. Wieder musste er Wasser schlucken. Mit letzter Kraft erreichte er das Ufer. Seine Hand ergriff einen in das Wasser hängenden Ast.

„Hilfe! ... Hilfe! ..." drang sein weinerliches Rufen an Gerds Ohr. Dieser war im Laufschritt herangeeilt.

Fritzchen versuchte vergeblich sich am Ast aus dem Wasser zu ziehen. Immer wieder rutschten seine Beine am schlammigen Ufer ab. Die reißende Strömung tat noch ihr Übriges.

Kurzentschlossen reichte Gerd Fritzchen seine Hand. In gemeinsamer Anstrengung gelang es, Fritzchen auf das Land zu ziehen.

Ein Häufchen Unglück stand da, dass sich wie ein nasser Hund schüttelte. Die Zähne klapperten zitternd vor Kälte aufeinander.

„Fritz laufe schnell nach Hause. Du musst die nassen Sachen vom Leib bekommen."

„Nein, ... ich habe Angst. Die Mutti hat mir verboten, am Wasser zu spielen."

„Spinnst du! Wenn du dir nicht eine Lungenentzündung holen willst, dann lauf schnell nach Hause."

Zögernd kam schließlich ein leises „Ja" über Fritzchens Lippen.

Die Kälte trieb ihn im Laufschritt nach Hause. Seine Kleider begannen bereits steif zu werden. Schlotternd am ganzen Körper öffnete Fritzchen die Haustür und lief ausgerechnet seiner Mutter in die Arme.

„Was hast du nur wieder angestellt?", rief sie entsetzt und schlug die Hände über dem Kopf zusammen, als sie das ganze Ausmaß der Bescherung erkannte.

„Ich bin beim Spielen ins Wasser gefallen", kam kleinlaut die Antwort.

Schnell hatte die Mutter, ihm die nassen Sachen ausgezogen, ein heißes Bad eingelassen und Fritzchen bis zum Hals in das heiße Wasser hineingesetzt. Nach einem ausgiebigen Bad rieb sie seinen Körper mit einem Handtuch so kräftig trocken, dass seine Haut ganz rot wurde. Ein Glas heiße Milch mit Bienenhonig wärmte Fritzchen von innen her auf.

Nun hieß es schwitzen.

Fritzchen musste, obwohl es noch lange nicht Abend war, ins Bett. In Wolldecken eingewickelt wurde er mit einem dicken Federbett bis an die Nasenspitze zugedeckt. So eingemummelt wurde es unter der Bettdecke wärmer und wärmer, richtig heiß wie in einem Backofen.

Fritzchens Gesicht begann sich zu röten. Schweißperlen bildeten sich auf der Stirn. Am liebsten hätte er die Bettdecke zur Seite gestrampelt, aber die Mutter passte auf.

Der Schweiß lief Fritzchen in die Augen und dem Mund. Auf der Zunge spürte er einen salzigen Geschmack.

In regelmäßigen Abständen wischte ihm die Mutter den Schweiß von der Stirn.

„Ja, wer nicht hören will der muss fühlen. Die Schwitzkur muss sein, sie treibt die Kälte aus deinem Körper und du wirst nicht krank."

Es schienen Stunden vergangen zu sein, als ihn die Mutter endlich erlöste. Der Schlafanzug klebte am schweißnassen Körper des Jungens, den er nur mithilfe der Mutter ausziehen konnte. Als sie ihn mit einem Handtuch trocken gerubbelt hatte, zog sie ihm einen warmen Trainingsanzug an.

Tage danach zeigte es sich, dass die Schwitzkur, ein altes Hausrezept geholfen hatte. Fritzchen hatte keine Lungenentzündung bekommen, noch nicht einmal eine Erkältung.

Ja, ja wenn die Mutter nicht gewesen wäre.

HEUERNTE MIT FOLGEN

Für die einen war es Badewetter, das über das Pfingstwochenende herrschte, doch für Vater war es Heuwetter und er sprach zu Mutter: „Wir müssen die heißen Tage nutzen, um das Heu im Trockenen rein zu bringen."

„Ich will aber baden gehen", drängelte vorlaut klein Michael, der Sohn, der neben seinen Eltern stand.

„Nichts da, du kommst mit. Dort im Schatten des Baumes, der am Rande der Wiese steht, kannst du spielen."

„Ich will aber nicht", nörgelte der Junge vor sich hin.

„Ende der Diskussion, du kommst mit!"

Michael wusste jetzt ganz genau, dass alle weitere Widerrede sinnlos war und er fügte sich schmollend mit den Worten in sein Schicksal: „Dann gehe ich eben mit". Es waren ja immerhin noch drei Tage bis zum Pfingstwochenende.

„Warum nicht gleich so?"

Vater ging in den Schuppen und kam mit einem Baumstamm heraus, der wie ein Hackklotz aussah. Auf der einen Seite, in der Mitte war ein eiserner Stab senkrecht eingeschlagen, an dessen Ende sich eine glänzende ebene Fläche befand.

Er stellt den Klotz mitten im Hof ab, verschwand erneut im Schuppen und kam nach kurzer Zeit mit einem Sensenblatt unter dem Arm und einem abgerundeten Hammer in der Hand heraus.

Mutter hatte in der Zwischenzeit einen Hocker neben den Klotz gestellt.

Sich auf den Hocker setzend nahm Vater das Sensenblatt in die linke Hand und den abgerundeten Dengelhammer in die Rechte.

Und dann ging es los. Vater legte die dünne Seite der Sense nach außen auf den Dengelstock, der gerade so breit war, wie die Schneide der Sense und begann mit kurzen kräftigen Schlägen mit dem Dengelhammer die eine Schneide des Sensenblattes zu verdünnen.

„Kleng! ... Kleng! ... Kleng! ..." klang es über den Hof bis in die Ecke des letzten Zimmers des Hauses.

Je dünner das Sensenblatt, desto besser schnitt die Sense.

Von Zeit zu Zeit benetzte Vater den Hammer mit etwas Flüssigkeit, in dem er diesen in dem mit Wasser gefüllten Holzbottich tauchte, der neben ihm stand.

Dazwischen prüfte er immer wieder mit den Fingerspitzen, ob die Sense schon die notwendige Schärfe haben würde.

Neugierig schaute Michael zu und wollte wissen: „Wie lange machst du noch diesen Lärm?"

„Die Sense muss schneiden wie Gift. Das dauert noch eine Weile".

„Wieso wie Gift? Gift kann doch nicht schneiden?"

„Ist nur so eine Redensart!"

Das Dengeln war eine Kunst für sich und Vater beherrschte diese.

Endlich legte er das Sensenblatt beiseite. Wenn der Junge jetzt gedacht hatte Vater wäre mit der Arbeit fertig, so sollte er sich getäuscht haben. Das geschärfte Sensenblatt musste noch am Sensenbaum befestigt werden und das war keine so einfache Sache die richtige Stellung zu finden. Erst nach der kurzen Prüfung, ob das Sensenblatt sich in der richtigen Stellung befand und richtig festsaß, konnte sich der Vater in das Wohnzimmer zu seinen Lieben begeben.

Am Abend ging es dann beizeiten zu Bett.

Kaum dass es im Osten ein wenig zu grauen begann und die Sterne noch im vollen Glanze leuchteten war die Mutter bereits zu Gang um das Frühstück für ihre Lieben herzurichten. Es sollte ja beizeiten hinaus auf die Wiese gehen. Früh am Morgen war die rechte Zeit zum Mähen, denn der in diesen Stunden noch immer starke Tau ließ die Sensen wie ein Blitz über das Gras hin schwirren.

Vor dem Haus wartete bereits der Nachbar, ebenfalls eine Sense geschultert. Er wollte dem Vater helfen.

Die Gräser und Kräuter standen ungewöhnlich hoch auf der Wiese. Schuld für das saftige Grün, waren die ergiebigen Niederschläge in der letzten Zeit. Doch nun war Schluss. Die zurückliegenden trockenen Tage hatten der Heuernte endlich den erhofften Schub gegeben.

In blauer Hose, in einer Jacke, festen Schuhen an den Füßen und einen alten Hut auf dem Kopf, im Gürtel eine mit Wasser gefüllte blecherne Scheide, in der ein Wetzstein steckte ging es los.

Mutter, Großmutter und Michael würden den beiden Männern etwas später folgen. Als die Drei auf der Wiese ankamen, waren die beiden Männer schon voll bei der Arbeit.

Die Füße weit auseinandergesetzt, etwas vorgebeugt, den Sensenbaum mit beiden Händen fest im Griff fuhr die Sense im Halbkreis durch das Gras. Hin und wieder fuhr die Sensenspitze in den Boden und jedes Mal in dem Moment, wenn die Sense zu tief durch den Rasen fuhr. Es war schon nicht so einfach, denn hielt man die Sense zu hoch, blieben die niedrigen Grashalme stehen.

Hin und wieder blieben die beiden Männer stehen, wischten sich den Schweiß von der Stirn und griffen nach dem Wetzstein. Strichen damit dreimal quer über den Rücken der Sense, was einen schrillenden, weithin vernehmbaren Ton verursachte. Dann verschwand der Wetzstein wieder in dem blechernen Behälter am Gürtel. Und weiter ging es.

In der Morgenkühle waren sie rasch vorangekommen, sodass beim Eintreffen der Frauen und des Jungen der niedergemähte Rasen bereits zwei ansehnliche Reihen bildete.

Sofort machten sich die beiden Frauen an die Arbeit um den Rasen mit Holzrechen auseinander zu werfen, dabei gaben sie wohl acht, dass sie nicht auf das ausgebreitet Gras traten. Obwohl ihnen bald die Handflächen wehtaten, ging die Arbeit flink vonstatten.

Unterdessen war es Tag geworden, die Sonne stieg höher und höher und trocknete den Tau vom Grase und von den Schuhen. Es wurde so warm, das sich die beiden Männer ihrer Oberbekleidung entledigten. Nicht lange dauert es und die kompletten Körper waren mit einer Schicht aus Schweiß und feinem Grasstaub überzogen.

Und Michael, der dem Treiben eine Weile zuschaut, zog sich in den Schatten des Baumes zurück, der am Rand der Wiese stand. Hier hatte er ein kühles Plätzchen gefunden. Unter dem Baum liegend sah er zu, wie die Sommerwolken über den Himmel zogen. Es dauerte nicht lange und er war eingeschlafen.

Immer heißer brannte die Sonne auf die sehnigen Rücken der Mäher, auf die braunroten Arme der beiden Frauen.

Hoch am Himmel wanderte die Sonne weiter und weiter. Mit ihr auch der Schatten des Baumes, so dauerte es nicht lange und Michael lag schlafend im prallen Sonnenlicht.

Erst als die Männer eine Pause einlegten und sich in den Schatten des Baumes zurückzogen, stellten sie fest, dass der Junge schon einige Zeit lang im prallen Sonnenlicht gelegen haben musste. Sein Kopf, die bloßen Arme und Beine waren knallrot.

„Mein Gott", kam es erschrocken über die Lippen der Mutter. „Schnell fasst an, wir müssen ihn in den Schatten legen."

Kaum lag der Junge im kühlen Schatten, was hieß hier kühler Schatten bei der Hitze, die herrschte, griff sie nach dem nächstbesten Tuch, schüttete Wasser aus der Trinkflasche darüber. So nass wie es war legte sie es dem Jungen auf die Stirn.

Erst jetzt erwachte Michael und sagte: „Mama mein Kopf tut mir weh und dann sind da in meinem Ohr so komische Geräusche."

„Nur ruhig mein Junge, das kommt von der vielen Sonne."

„Mama, mir wird schlecht."

Besorgt schaute sie ihren Jungen an, wandte sich an den Vater und sagte. „Ich glaube ich muss mit dem Jungen sofort nachhause. Es sieht ganz so aus, als wenn er einen Sonnenstich hat."

Ohne eine Antwort abzuwarten, schnappte sie sich den Knaben und machte sich auf den Heimweg.

Zu Hause angekommen wanderte Michael sofort in sein Bett. Die Mutter verdunkelte das Fenster, dass keine Sonnenstrahlen mehr in das Zimmer fielen.

Mit leicht erhöhtem Oberkörper lag der Junge da. Er bewegte sich unruhig hin und her. Erste Tränen kullerten die Wangen hinunter.

Neben dem Bett saß die Mutter, ständig die feuchten, kühlen Tücher auf seinem Kopf wechselnd. Hin und wieder flößte sie ihm etwas Wasser ein bzw. befeuchtete seine Lippen.

„Du wirst mir nicht auch noch Fieber bekommen", murmelte die Frau leise vor sich hin, denn ihr Kind kam ihr mit einmal ungewöhnlich blass vor.

Die Mutter wusste nicht mehr, wieviel Zeit vergangen war, als sie feststellte, dass der Junge eingeschlafen war. Und er schlief die ganze Nacht durch. Es musste wohl ein gesunder Schlaf gewesen sein. Denn es ging ihm am nächsten Tag bereits etwas besser. Die Übelkeit war verschwunden und der Kopf tat auch nicht mehr so weh.

Aber immerhin dauerte es noch zwei weitere Tage, bis der Junge das abgedunkelte Zimmer verlassen durfte. Die Beschwerden, die der Sonnenstich mit sich gebracht hatte, waren vollständig abgeklungen.

So bekam Michael dieses Jahr auch nicht mit, wie das Heu mit Heugabeln büschelweise auf den Leiterwagen, der zwischen den einzelnen Heureihen durchfuhr, aufgeladen wurde.

Nichts war damit, die Beine durch die Leitersprossen baumeln zu lassen, während das Heu in langen Reihen zusammengerecht wurde. Im Bett hatte er die ganze Zeit liegen müssen.

Auf das „Hü" und „Hot" unter der der schwankte Wagen über den Feldweg der nahen Ortschaft zufuhr hätte er noch verzichten können, aber nicht auf den Sprung ins Heu.

Das abgeladene Heu wurde durch den Hausflur auf den Hof geschleppt. Es war schon eine beträchtliche Menge, die hier zusammenkam, um durch eine Luke auf den Heuboden hinaufgereicht zu werden.

Bevor aber das Heu auf den Heuboden hinauf kam, durfte Michael immer gemeinsam mit Nachbars Kindern hinab in das Heu springen.

Was für eine Freude war das, durch die Luft zu fliegen und im weichen Heu zu landen.

Ein Jauchzen und Jubeln.

Was hieß das für Michael für die Zukunft, auch wenn es herrlich war, die warmen Strahlen der Sonne auf der Haut zu spüren, vorsichtig zu sein und es nicht zu übertreiben beim sich Aussetzen der wärmenden Strahlen der Sonne. Wer dies nicht beherzigt, riskiert wie Michael einen Sonnenstich.

Aber nicht nur bei der Heuernte kann man einen Sonnenstich bekommen, auch beim Spielen im Freien und beim Baden. Selbst bei längeren Autofahrten kann dies geschehen, wenn nicht darauf geachtet wird, dass der Kopf des Kindes geschützt in der Sonne liegt.

DIE KLEINEN BRANDSTIFTER

Die Sonne brannte glühend heiß vom strahlend blauen Himmel. Kein Lüftchen regte sich, das irgendwie Linderung vor der sengenden Sommerhitze bringen würde. Über dem aufgeschütteten Bahndamm der Kleinbahn, der sich in weitem Bogen durch die ausgetrockneten Wiesen und Felder hinzog, flimmerte erhitzte Luft.

Rechts und links des Schienenstranges riesige Staubflächen. Brachliegende Ackerflächen und das leuchtende Grün der Wiesen schimmerten nur noch in einem stumpfen Gelb.

Trotz der unerträglichen Hitze saßen zwei Jungen im Alter von zehn Jahren im dürren Gras am Hang des Bahndammes.

Die Sonne brannte unbarmherzig auf die nackten Oberkörper von Klaus und Peter.

Braun wie die Neger waren sie schon.

„Zisch", eine kleine Flamme züngelte in die Höhe. Klaus hatte ein brennendes Zündholz in der Hand.

Beide beobachteten die kleine lustige Flamme, wie sie flackerte und das Streichholz langsam auffraß.

„Autsch!" fast hätte Klaus sich die Finger verbrannt. Die rechte Hand schüttelnd ließ er das noch glimmende Hölzchen in das dürre Gras fallen.

Sofort fing der trockene Rasen Feuer. Erst zuckte eine kleine Flamme auf, züngelte empor und griff dann gierig knisternd um sich.

Immer dichter werdender Rauch kräuselte in die Höhe.

Erschrocken sprangen die Knaben auf und versuchten hektisch mit den Füßen das auflodernde Feuer auszutreten.

Hier und dort flackerte es jedoch immer wieder auf.

Es dauerte wohl eine viertel Stunde, bis auch die letzte Flamme besiegt war.

Am rechten Bahndamm zog sich meterweit eine schwarze Fläche hin, in der bei jedem Schritt schmutziger weißer Ruß aufwirbelte.

„Zisch!" schon wieder hatte Klaus ein Streichholz angezündet.

„Hör auf!", rief Peter erschrocken. „Du sollst aufhören!"

Aber Klaus hörte nicht auf die Worte seines Freundes und wie zum Trotz hielt er das brennende Streichholz an dem nächsten dürren Grasbüschel.

„Hör auf Klaus, mach das Feuer aus!"

Klaus reagierte nicht auf Peters rufen, er schien sich sogar noch zu freuen wie die kleine hell knisternde Flamme das trockene Gras erfasste.

Immer heller flackerte es empor, wurde größer und größer.

Jetzt bekam Klaus, es doch auch mit der Angst zu tun und rief aufgeregt: „Schnell Peter hilf mir, wir müssen die Flammen austreten!"

Und wieder versuchten sie, das Feuer mit ihren Füßen zu bekämpfen. Wenn sie dachten, sie hatten es an einer Stelle erstickt züngelte es an einer anderen umso lustiger wieder in die Höhe.

Ein Windstoß fegte über die Wiesen und Felder, fuhr in die Flammen und fachte sie hell lodernd an. Im Nu stand der ganze Bahndamm in Flammen, eine unerträgliche Hitze verbreitend.

Mit hochroten Gesichtern und Schweißperlen auf der Stirn versuchten die Jungens dem Flammenmeer Einhalt zu gebieten.

Vergebens.

Eine Windsbraut erfasste erneut die Flammen, ließ sie fauchend den Bahndamm dahin rasen und sich gefährlich schnell einer alte Holzhütte nähern.

Klaus, der dies als Erster bemerkte, rief geängstigt: „Die Hütte …, die Hütte … Schnell wir müssen Hilfe holen!"

Und schon spurtete Peter los.

So plötzlich wie der Wind auffrischte hörte er wieder auf. Die Flammen die auf die Holzhütte zurasten kamen zum Stehen und breiteten sich nur noch langsam aus.

Das Auf- und Abschwellen einer Sirene ertönte aus der nahen Ortschaft herüber.

Noch keine fünf Minuten waren vergangen, da erklang das „Tü-ta, Tü-ta" der sich rasch nähernden Feuerwehr.

Mit quietschenden Rädern hielt das Löschfahrzeug. Feuerwehrmänner sprangen heraus, rollten Schläuche aus, schlossen Strahlrohre an und schon ertönte das Signal „Wasser marsch!"

Zwei Löschtrupps rückten mit je einem armstarken Wasserstrahl, dem Feuer zu Leibe.

Zischend schoss das Wasser in das Flammenmeer.

Weißer Dampf wallte auf.

Kleiner und kleiner wurde der Flammenherd. Hier und da züngelte noch ein Flämmchen in die Höhe, bis auch dieses erlosch.

Rechts und links des Bahndammes zog sich eine große schwarzrußige Fläche hin. Das Feuer hatte hier ganze Arbeit geleistet, nicht nur das dürre Gras hatte es bis auf den letzten Rest verbrannt, auch die kleinen Würmer, Insekten und Kriechtiere, die hier lebten, waren den Flammen zum Opfer gefallen.

Wie zwei begossene Pudel standen die Jungen da.

Vor ihnen der Feuerwehrhauptmann, der mit ernstem Unterton in der Stimme fragte: „Was habt Ihr Euch nur dabei gedacht?"

Ehe die Jungens antworten konnten, kam auch schon der Hüter des Gesetzes auf seinem Dienstfahrrad angeradelt und rief schon von weitem: „Sind das die Übeltäter?"

„Ja", antwortete der Feuerwehrhauptmann.

„Na, da kommt mal mit ihr zwei", sprach der Polizist nicht gerade freundlich.

Sich aufs Fahrrad schwingend ließ er, die Jungen neben sich her bis auf das Revier traben.

Nach der Aufforderung: „Dort, setzt euch hin!" nahmen die beiden auf den wackligen Holzstühlen des Vorzimmers platz.

Der Wachtmeister verschwand im Nebenzimmer.

Minuten vergingen.

Durch die geschlossene Tür hörten die Jungens, dass telefoniert wurde.

Weitere Minuten vergingen.

Es wurde immer noch telefoniert, dann herrschte plötzlich Schweigen nebenan.

Fünf Minuten vergingen …, zehn Minuten …

Nichts tat sich.

15 Minuten …, 20 Minuten …

Die Jungen wurden immer nervöser, rutschten mit den Hintern unruhig auf den harten Stühlen hin und her.

„Warum dauert es so lange? ... Was hat der mit uns vor?" brach als erster Klaus das Schweigen.

„Wir werden sicherlich eingesperrt!"

Nach weiteren fünf Minuten öffnete sich die Zimmertür, aber nicht der Polizist erschien in der Türöffnung, sondern die Eltern der kleinen Übeltäter.

Ihr könnt Euch nicht vorstellen, was die beiden zu hören bekamen, die Schimpfkanonade war dabei noch das wenigste.

Klaus und Peter ließen die Strafpredigt schuldbewusst über sich ergehen und versprachen so etwas nie, nie wieder zu tun.

Die Kartoffelkäferplage

Die hellen Strahlen der Mittagssonne zeichneten durch die verstaubten Fenster, im Spiel mit dem Schatten bizarre Bilder an die Decke des Klassenzimmers. Versunken in das Flimmern, das Zucken und helle Flackern war Klaus nicht ganz bei der Sache um dem Unterricht aufmerksam folgen zu können.

Das Öffnen der Tür zum Klassenzimmer riss ihn wieder in die Wirklichkeit zurück. Es war der Direktor der Schule, der das Klassenzimmer der Zweitklässler betrat.

Mit den Worten: „Entschuldigt bitte, dass ich störe. Ich habe eine Mitteilung für euch!"

Gespannt schauten Lehrer und Schüler den Direktor an.

„Morgen fällt der Unterricht aus!"

Freudiges Gemurmel klang auf.

„Da können wir ja spielen!"

„Ja und wir gehen ins Waldbad!"

So hatte ein jeder seine Vorstellungen was er an diesem Tage machen würde.

„Freut euch nicht zu früh!" stoppte der Direktor den Freudentaumel der Schüler. „Dieses Jahr ist die Kartoffelernte durch die Käferplage gefährdet, deswegen haben sich die Bauern hilfesuchend an die Schule gewandt. Ich habe der Bitte stattgegeben. So geht es morgen auf den Kartoffelacker und wir helfen den Bauern!"

„Sind wir nicht zu klein dafür?", wollte Klaus sofort wissen.

„Dafür seit ihr nicht zu klein, denn ihr sollt nur die Kartoffelkäfer von den Blättern ablesen."

57

„Ihr wisst doch, wir haben uns doch schon über die Kartoffelkäfer unterhalten", mischte sich der Lehrer ein.

„Es gibt dieses Jahr so viele Kartoffelkäfer, dass sie die Blätter der Kartoffelpflanze abfressen und somit die Ernte zunichte machen", setzte der Direktor fort. „Die Aufgabe besteht darin, die Kartoffelpflanzen nach diesen Schädlingen abzusuchen."

Ohne noch ein weiteres Wort zu verlieren, drehte sich der Direktor um und verließ das Klassenzimmer.

Zurück blieb eine Klasse von Schülern, wo jeder in diesem Moment seine Meinung zu dem Gesagten zum Besten geben wollte.

Mit einem: „Hallo! Ich bin auch noch da!" unterbrach der Lehrer das wüsste Durcheinander. „Ihr wisst doch sicherlich noch, was ein Kartoffelkäfer ist und wie er aussieht?"

Für einen Moment herrschte betretendes Schweigen, dann fuhr eine schnipsende Hand in die Höhe. Es war Klaus, wer konnte es auch anders sein, der aufgeregt rief: „Herr Lehrer, Herr Lehre ich weiß es!"

„Na, dann sag es uns!"

„Es sind kleine gelbliche Tierchen, mit schwarzen Längsstreifen auf dem Rücken und auf dem Halsschild tragen sie dunkle Flecken."

„Das ist richtig."

„Und sie werden nach ihrer Lieblingsspeise benannt, denn sie fressen die Blätter der Kartoffelpflanzen", wusste ein anderer Schüler zu berichten.

„Ja so ist es. Deswegen können die Kartoffelkäfer innerhalb kurzer Zeit ganze Felder kahl fressen", ergänzte der Lehrer die Aussage des Schülers.

„Haben wir dann nichts mehr zum Essen und müssen verhungern?" und wieder war es Klaus, der dies wissen wollte.

„Ganz so schlimm wird es nicht. Die Kartoffelkäfer können mit ihren dünnen Beinchen nicht besonders gut laufen, sie sind aber gute Flieger. Deswegen gehen wir morgen auf das Kartoffelfeld um diese Plagegeister einzusammeln. Bringt bitte ein Glas mit Deckel mit!"

Durch das Schulgebäude ertönte das schrille Klingeln, der Pausenglocke.

Jetzt hielt die Schüler nichts mehr auf ihren Plätzen, denn heute mussten sie besonders schnell nach Hause, um den Eltern ganz aufgeregt von ihrer morgigen wichtigen Aufgabe zu erzählen – der Käfer-Sammel-Aktion.

Klaus konnte vor Aufregung die ganze Nacht nicht richtig schlafen. Er drehte sich in seinem Bett von der einen Seite auf die andere. Mal strampelte er die Bettdecke mit den Beinen beiseite, dann zog er die Decke wieder über den Kopf.

Er musste doch noch eingeschlafen sein, als seine Mutter rief: „Klaus aufstehen. Es ist Zeit in die Schule zu gehen."

Erschrocken fuhr er in die Höhe. Rieb sich mit den Händen die verschlafenen Augen und murmelte vor sich hin: „Ja, ich komme gleich."

Er sank jedoch wieder zurück in das Kopfkissen und schlummerte ein.

„Hans! Hans! Aufstehen!" rissen die barschen Worte der Mutter erneut den Jungen aus dem Schlaf. Die Mutter stand diesmal neben seinem Bett. „Was ist denn mit dir heute los? So kenne ich dich doch gar nicht?"

„Ich habe die ganze Nacht an die armen Käfer denken müssen. Wenn wir diese in ein Glas stecken, sterben sie doch, die armen Kerlchen."

„Mein Junge, das sind keine armen Kerlchen, sondern richtige Plagegeister. Diese gelb-gestreiften Biester sind so gefräßig, dass sie innerhalb eines Jahres einen Kartoffelacker kahl fressen. Dann gibt es auch keine Kartoffeln."

Im nu war Klaus aus dem Bett gesprungen, in seine Sachen geschlüpft, griff nach dem bereitstehenden Glas mit Deckel und wollte das Haus verlassen.

„Wo willst du, denn so schnell hin?" bremste ihn seine Mutter.

„Na zum Kartoffelkäfer ablesen, damit wir nicht verhungern."

„So schlimm ist es nun wieder auch nicht. Setzt dich hin. Es wird erst gefrühstückt und dann kannst du dich auf den Weg zur Schule machen."

Und Klaus machte sich auf den Weg zur Schule, diesmal ohne zu trödeln. Nach knapp einer viertel Stunde erreichte er den Schulhof. Hier waren bereits die einzelnen Schulklassen in Reih und Glied angetreten um sich auf den Weg zu den Kartoffeläckern am Rande der Stadt aufzumachen.

Es wurde noch einmal überprüft, ob auch jeder ein Glas mit Schraubdeckel mitgebracht hatte. Wer noch keins hatte, erhielt eins von der Schule.

Zu Fuß ging es dann Richtung Marktplatz, auf der eine Kirche mit zwei spitzen Türmen stand. Ihr Weg führte sie dann über eine Brücke, unter der klares Wasser zwischen den Steinen lustig dahin plätscherte. Am Stadtrand angekommen war in der Ferne ein bewaldeter Hügel zu sehen, an dessen Fuße sich ein riesiges Kartoffelfeld ausbreitete.

Am Rande des Feldes standen bereits große Blechfässer, die bis zur Hälfte mit Wasser gefüllt waren.

In der Zwischenzeit brannte die Sonne unbarmherzig vom blauen Himmel herab und versprach das es ein heißer Tag werden würde.

„Herhören!" ertönte die laute Stimme des Lehrers. „In einer Linie antreten, sodass jeder vor einer Reihe steht."

Es dauerte noch einige Minuten, bis jeder seine Reihe gefunden hatte.

„Jetzt sammelt ihr die gestreiften Käfer, ihre roten Larven und die Blätter mit den gelben Eiern in die Gläser! ... Gibt es noch Fragen? ... Ist einem von euch nicht klar, was er machen muss?"

Es kam keine Antwort. Jeder Schüler stand gespannt vor seiner Reihe, wie an einer Startlinie. Ja einer Startlinie, einer Startlinie zum Start der Kartoffelkäfer-Sammel-Aktion.

„Ich möchte euch noch eins sagen. Ihr bekommt für den heutigen Tag auch eine kleine Belohnung. Die Höhe der Belohnung ist davon abhängig wievielt Kartoffelkäfer ihr einsammelt. Für zehn Kartoffelkäfer bekommt ihr einen Groschen. Zehn Larven gelten soviel wie ein Käfer. ... Nun, dann mal los!"

Mit Ekel griff Klaus nach den Käfern und den klebrigen Larven und stopfte sie in das Marmeladenglas. Hatte er das Glas mit den gefräßigen Schädlingen gefüllt, lief er zum Ackerrand, wo das Glas in die bereitstehenden Fässer geschüttet wurde.

Für Klaus schien das Feld furchtbar groß zu sein und die Kartoffelreihe unendlich lang. Und dann das ständige gebückte Laufen durch die Kartoffelreihe, das schon sehr anstrengend war.

Ich kann, das doch auch anders machen, schoss Klaus mit einem mal ein Gedanke durch den Kopf. Er setzte diesen mutig in die Tat um und war lange vor den anderen am Ende der Reihe angekommen.

Der Bauer, der die gefüllten Gläser entgegennahm, misstraute seiner Geschwindigkeit und wunderte sich, dass nur Käfer im Glas waren. Aber seine Kontrollen führten zu keiner Beanstandung.

Klaus sammelte nämlich nur die Käfer in die Gläser, während er die Larven und Eier mit den Fingern zerdrückte. Das war zwar nicht sehr appetitlich aber rationell.

Die Hitze wurde stetig unerträglicher. Klaus schaute fortwährend zum Himmel hinauf, aber nirgends auch nur ein Wölkchen, das sich auch nur für einen Moment vor die glühende Kugel schieben würde. Mit immer wieder leeren Gläsern in den Furchen, dem ständigen Weg zum Feldrand mit den gefüllten Gläsern in der Hand und die sengende Sonne schien den Vormittag unendlich lang werden zu lassen.

Doch endlich war es geschafft. Die Kartoffelkäfer waren eingesammelt, jetzt konnte die Kartoffelernte kommen.

Für die fleißigen Sammler gab es sofort eine kleine Stärkung mit Keksen und Apfelsaft.

Für Klaus sollte diese Aktion noch ein Nachspiel haben. Zuhause angekommen betrachte die Mutter erst einmal ihren Jungen. Da musste sie feststellen, dass er nicht nur die Käfer in das Glas gesteckt hatte, auch in seiner Hosentasche befanden sich schwarzweiße Käfer. Einige davon waren bereits zerquetscht und hatten eklige Flecken hinterlassen, die beim Waschen schlecht herausgingen.

Das Kranke, an dieser Kartoffelkäfer-Vernichtungs-Aktion jedoch war die Behauptung: *Amerikanische Flugzeuge hätten über den Kartoffelfeldern massenhaft Käfer abgeworfen, um die Ernte zu vernichten. Ziel sei es gewesen, eine Hungersnot auszulösen, um die Regierung in Ostberlin zu destabilisieren. Es soll sogar Augenzeugen gegeben haben, die immer wieder Flugzeuge gesehen haben wollten. So steigerte man sich in die Behauptung, es gehe um einen verbrecherischen Anschlag der anglo-amerikanischen Imperialisten, um den friedlichen Aufbau im demokratischen Deutschland zu stören.*

Obwohl das DDR-Landwirtschaftsministerium längst wusste, dass es keine Terrorflüge mit Käferbomben gab, wurde nichts gegen diese Propaganda unternommen. In einem internen Bericht des Pflanzenschutzdienstes war sachlich festgestellt worden, dass günstige Witterung und die schon seit dem 18. Jahrhundert anhaltende Ostwanderung der Tiere für die Plage verantwortlich gemacht werden müssten.

Es gab also nie eine hinterlistige Biobombe der Imperialisten.

DIE KLEINEN DIEBE

Wie so oft in den vergangenen Tagen tollten die beiden Jungen in der Nähe der Grenze, am Bahndamm der Kleinbahn umher. Dieser führte unmittelbar an einer Kleinstadt vorbei, deren Häuser weitverstreut in einem langgezogenen Tal lagen. Zwischen den Schienen und Schwellen wucherten Gestrüpp und Unkraut. Rost fraß sich bereits in den Stahl der Schienen.

Des Herumtollens überdrüssig geworden, meinte der eine von ihnen: „Komm lass uns nach drüben gehen. In der Nähe der Grenze gibt es einen Krämerladen. Da gibt es viele schöne Dinge, die es bei uns nicht gibt.“

„Das ist doch viel zu gefährlich.“

„Komm hab dich nicht so! Es wird schon nichts passieren!“

Nach Kurzem hin und her waren sich die Jungens einig und machten sich auf den Weg. Sie schlugen die Richtung zur Zonengrenze ein. Immer darauf bedacht nicht von einem der patrouillierenden Posten erwischt zu werden. Und diese waren auch noch hoch zu Roß unterwegs.

Der Weg führte links den Berg hinauf, dann einen abschüssigen Hang hinunter. Kurz vor der, mit Holzpfählen gekennzeichneten Zonengrenze blieben sie stehen. Ein doppelter Stacheldrahtzaun versperrte den beiden Jungs den weiteren Weg.

Und nicht nur das, in der Ferne erschienen zwei Reiter, bewaffnet mit Gewehren.

Sofort verschwanden die Jungen im hohen Gras, das hier unmittelbar am Grenzzaun wuchs.

„Was machen wir jetzt?“

„Sei still!"

Die Reiter hatten angehalten. Der eine hob ein Fernglas an die Augen, um das vor ihm liegende Gelände nach ungewöhnlichen Bewegungen abzusuchen.

Dicht an die Erde gepresst lagen die beiden Jungs da. Am liebsten wären sie wie kleine Mäuschen in das nächste Erdloch gekrochen.

Endlich setzte der Grenzposten, das Fernglas ab. Die Jungens hörten aus der Ferne wie dieser sagte: „Nichts zu sehen! Komm wir reiten weiter."

Im gestreckten Galopp entfernten sich die Reiter.

„Und jetzt?"

„Es geht weiter. Der Zaun ist doch kein Hindernis für uns, wir kriechen einfach unter ihm hindurch."

Gesagt, getan.

Flach auf die Erde gepresst, sich windend wie eine Schlange glitten die beiden unter dem Zaun hindurch. Nach dem Überqueren des Schotterbettes der vor ihnen liegenden Eisenbahnlinie, dessen stählerne Schienen in einem Tunnel verschwanden, lag vor ihnen die düstere Wasserfläche eines Teiches. Ein frisches Lüftchen bewegte langgezogene Nebelfetzen über dem Wasser hin und her, das man vermeinte, wunderliche Gestalten zu erkennen.

Jetzt war es den Jungen doch schon etwas seltsam zumute. In der Wasseroberfläche schien sich etwas zu spiegeln.

„Sieht das dort nicht gar wie ein Gerippe riesigen Ausmaßes aus?"

„Los komm wir müssen hier weg!"

Vom Grauen erfasst rannten die beiden spornstreichs weiter, Richtung der einzeln stehenden Häuser, die vor ihnen verstreut zwischen alten Eichen und Eschen standen.

Stolpernd ging es über umgefallene Baumstämme durch dichtes Gestrüpp. Zweige streiften schmerzhaft ihre Gesichter. Endlich hatten sie den Waldweg erreicht, der an den einzelnen hier stehenden Häusern vorbei führte. An einigen Stellen waren die Unebenheiten des Weges mit Kies ausgeglichen.

Eine langgezogene Baracke erregte die Aufmerksamkeit der Jungens. Es war der Krämerladen des Ortes, ihr begehrtes Ziel.

Die beiden waren stehen geblieben, um für einen Moment Atem zu schöpfen.

Dort in dem Laden gab es Schokolade, auch Kaugummi, der ihre Neugier besonders geweckt hatte und viele andere für sie bisher unerreichbare Dinge.

Kaufen?

Nein! Das konnten sie nicht, sie hatten kein Geld.

Also, was tun?

Die grünen Blätter in den Wipfeln der Bäume rauschten majestätisch im Wind. Heimchen zirpten im tiefen Gras und die Wühlmäuse liefen flink von einem Loch zum anderen. Das Hämmern eines Spechtes aus dem Dickicht des Waldes verriet des er im Begriff war einen morschen Baumstamm emsig zu bearbeiten.

Nirgendwo eine Menschenseele.

Beängstigend.

„Wollen wir noch lange hier stehen bleiben? Los komm!"

„Du gehst aber voran!"

Kurz vor dem Eingang zur Baracke blieben sie stehen.

„Wie wollen wir es nun machen? Lenkst du den Verkäufer ab und ich versuche etwas einzustecken? Oder machen wir es andersherum?"

„Ich lenke ihn ab und du versuchst etwas von den begehrten Dingen zu ergattern."

Nachdem nun alles klar war, öffneten sie die Tür, die gar jämmerlich in ihren Angeln knarrte.

Erstaunt schaute der Mann hinter dem Ladentisch auf, als er die beiden Jungen erblickte, die seinen Laden betraten, und sagte: „Euch kenne ich doch noch gar nicht! Kommt ihr etwa von drüben?"

Nach kurzem Herumdrucksen kam zögernd die Antwort: „Ja, wir kommen von drüben!"

„Und was wollt ihr hier?"

„Wir wollen uns mal Dinge ansehen, die es bei uns nicht gibt."

„So, so und nichts anderes?"

„Nichts anderes."

„Na dann schaut euch mal um, aber lasst die Finger von den Sachen!"

Einer der Jungens verwickelte den Verkäufer in ein Gespräch und der andere ging langsam an das andere Ende des Ladentisches, wo die Schokolade und das Kaugummi lagen. Sich vorsichtig nach dem Verkäufer umschauend steckte er geschwind Schokolade und Kaugummi in seine Hosentaschen.

Aber der Mann hinter dem Ladentisch hatte es mitbekommen, was da am anderen Ende geschah und er rief: „Was soll das leg das sofort wieder hin!"

Aber der Junge dachte nicht daran.

„Los wir müssen weg hier!"

Noch ehe der Verkäufer hinter dem Ladentisch hervor gekommen war, hatten die beiden Jungens bereits Reißaus genommen.

„Ihr sollt stehen bleiben! Gebt die Sachen wieder her, ihr kleinen Diebe!"

Aber die beiden Jungens dachten nicht daran stehen zu bleiben und verschwanden im Dickicht des nahen Waldes Richtung Zonengrenze.

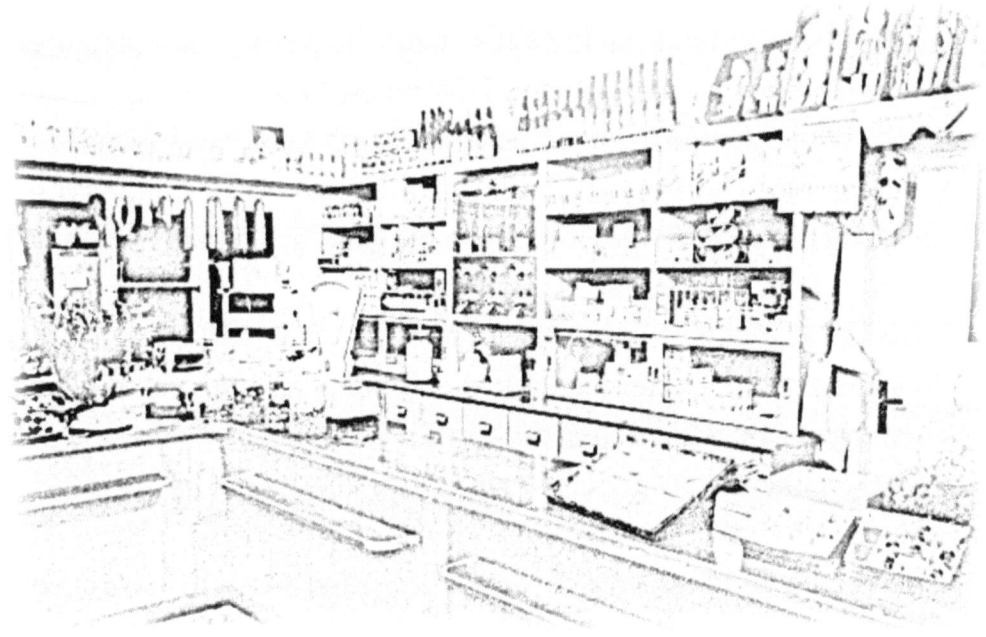

Zurück blieb der tobende Verkäufer, der es aufgegeben hatte den Jungens hinterher zulaufen.

In kurzen Sprüngen, den vor ihnen liegenden Bahndamm überquerend, den anschließenden langansteigenden Hang hinauf, liefen die beiden Jungens davon. Sich vergewissernd ob nicht schon wieder Grenzer hoch zu Pferd vor ihnen den Weg versperrten, eilten sie dem heimatlichen Gefilde entgegen. Kurz vor dem Erreichen der Ortschaft machten sie in einem Straßengraben halt, um ihre Beute zu begutachten. Am interessantesten war der Kaugummi. Es war schon etwas Komisches, so etwas Weiches zwischen den Zähnen zu haben und das auch noch nach Pfefferminz schmeckte. Aber das Interessante daran war, dass man dieses Gummi wie ein Luftballon aufblasen und platzen lassen konnte. Wen interessierte es da schon, wenn hin und wieder einem die klebrige Masse um die Nase flog.

Nach Hause eilend, sich nichts dabei denkend, berichteten sie von ihrem Abenteuer im Westen. Und wenn sie nun gedacht hatten, ihre Eltern würden sich mit ihnen freuen, im Gegenteil es lud sich ein regelrechtes Donnerwetter auf ihre Häupter herab. Ihnen wurde in eindringlichen Worten klargemacht, dass auch Mundraub ein Diebstahl ist und das sich das nicht gehöre.

„Diebstahl bleibt Diebstahl!"

Wie begossene Pudel standen die Beiden da und versprachen: „Wir werden so etwas nie wieder tun!"

„Versprochen!"

„Versprochen!"

Die beiden Jungens hielten sich ab sofort an das einmal gegebene Versprechen.

DER GROSSE DURST

Zwischen herrlichen Waldrändern und bewaldeten Anhöhen in einem lauschigen weiten Tal lagen verstreut zahlreiche mit rotem Schiefer bedeckte Häuser.

Ein herrlicher Tag kündigte sich an, denn die Sonne stand bereits hoch am azurblauen Himmel und versprach mit ihren wärmenden Strahlen ein Wetter, wie es hätte nicht schöner sein können.

Auf den winkligen Straßen und Gassen des Ortes herrschte bereits eine emsige Betriebsamkeit.

Es war der 1. Mai, ein Tag, an dem die Kinder nicht zur Schule gehen brauchten und die Eltern, gemeinsam mit den Arbeitskollegen durch die Straßen der Stadt marschierten.

Zahlreiche Fähnchen in den Händen haltende Menschen säumten die Straßenränder. Spruchbänder mit Losungen spannten sich von einer Straßenseite auf die andere. Aus den Fenstern der Häuser hingen schwarz-rot-goldene Fahnen, in der Mitte Hammer, Sichel und Ährenkranz. Hier und dort war auch eine rote Fahne darunter.

Dann war es so weit. Von der Ferne war immer lauter werdende Marschmusik zu hören. Der Umzug, der jährlich zum internationalen Kampftag der Arbeiterklasse durchgeführt wurde, näherte sich. An diesem Umzug mussten alle Betriebe mit ihren Belegschaftsmitgliedern teilnehmen.

An der Spitze der Marschkolonne die Blaskapelle. Dann ein riesiges Spruchband, getragen von zwei kräftigen Männern. Ihnen folgte ein Meer von roten Fahnen. Im strammen Gleichschritte marschierten uniformierte Soldaten vorbei, gefolgt von den Angehörigen der gesellschaftlichen Organisationen und der einzelnen Betriebe. Den Schluss des Umzuges bildeten zahlreiche geschmückte Traktoren, Autos und Fahrzeuge mit Anhänger, auf denen winkende Menschen saßen.

Nicht nur Uli, sondern alle Jungen des Ortes freuten sich über das bunte Treiben, über die im strammen Gleichschritt vorbeimarschierenden Soldaten.

Fröhlich sprangen die Kinder neben der marschierenden Kolonne her und machten es den Soldaten nach.

Der Vorbeimarsch ging seinem Ende entgegen. Hier und da verließen einzelne Personen, aber auch ganze Gruppen, den Straßenrand um sich auf den Heimweg zu begeben. Viele von ihnen kehrten unterwegs noch in die nächste Gaststätte ein, machten am nächsten Bratwurstrost halt um sich eine von den Bratwürsten zu ergattern, die es an diesem Tage kostenlos gab.

Der Gerstensaft floss in Strömen und hier und da sah man bereits einzelne Gestalten torkelnd nach Haus wanken.

Sich allein gelassen überlegten Uli und Sigi, was sie an diesem Tag noch anstellen konnten.

Mittlerweile stand die Sonne hoch am Himmel und ihre glühenden Strahlen ließen die Luft über dem aufgeheizten Straßenpflaster leicht flimmern.

Der Durst begann die beiden Jungens zu quälen. Überfüllt waren die Stände, wo es etwas zu trinken gab. Und zwischen den vielen Erwachsenen, die hier standen, wollten sie sich nicht durch drängeln.

„Ich habe Durst und brauche endlich was zu trinken", nörgelte Uli.

„Hier sicherlich nicht, denn da ist kein Durchkommen", meinte Sigi.

Ziellos schlenderten die beiden Jungens durch die Straßen der Stadt und unterhielten sich darüber, wo sie etwas zu trinken herbekommen würden. Bis schließlich Sigi auf eine Idee kam und sich an Uli wandte: „Weist du, was wir machen?"

„Nein! Aber du wirst es mir sicherlich gleich sagen."

„Wir gehen zu mir nach Hause."

„Und was wollen wir da?"

„Du weist doch, dass wir Bier in Flaschen abfüllen. Dieses Bier wird in einem Bierkeller aufbewahrt, und da alle zur Maifeier sind, können wir ungesehen in den Keller schleichen."

„Da gibt es aber doch nur Bier?"

„Na und! Ich wollte schon immer einmal kosten, wie Bier schmeckt!"

„Da wird man doch betrunken davon."

„Wir trinken doch jeder nur eine Flasche und nicht gleich einen ganzen Kasten."

So machten sich die beiden Jungens auf den Weg zum besagten Bierkeller. Hier angekommen konnten sie wirklich weit und breit keine Menschenseele erblicken.

Mit den Worten: „Habe ich es nicht gesagt, es ist keiner hier" öffnete Sigi die Tür zum Bierkeller. Eine angenehme Kühle wehte den beiden Jungens entgegen. Gleich neben der Tür befand sich der Lichtschalter mit dem Sigi das Licht einschaltete.

Sechs Glühlampen flammten auf und verbreiteten ein diffuses Licht in einem fensterlosen Raum, in dem zahlreiche aufgestapelte Bierkisten standen.

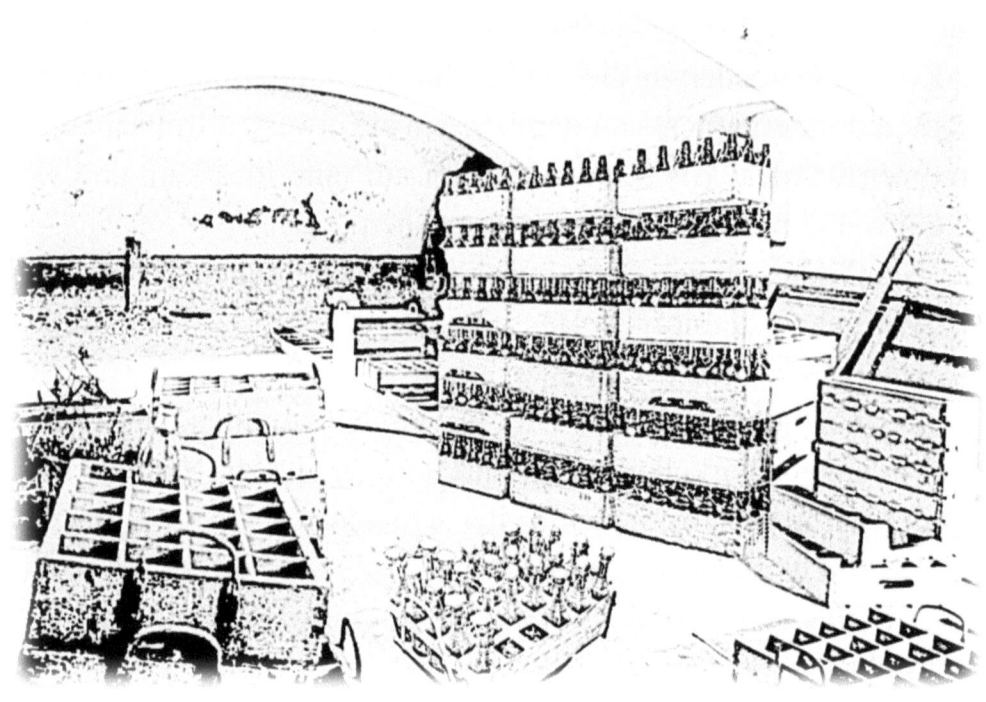

Gleich hinter der Tür stand eine halbvolle einzelne Kiste auf die Sigi zeigte und sich an Uli wandte: „Aus der Kiste dort können wir uns doch jeder eine Flasche nehmen. Das fällt noch nicht einmal auf."

„Meinst du wirklich", meinte Uli zögerlich.

„Sei kein Spielverderber. Wir sind nun einmal hier. So eine Gelegenheit bekommen wir nicht wieder."

Jetzt gab es für beide kein zurück mehr. Jeder nahm eine Flasche aus dem Kasten. Drückten mit den Fingern gegen den Bügel des Schnappverschlusses, der sich mit einen leisen Plob öffnen ließ. Vorsichtig die geöffnete Flasche an die Lippen setzend floss die goldgelbe Flüssigkeit über die Lippen der Jungens.

Auch wenn es etwas komisch schmeckte, löschte das kühle Getränk wenigstens den quälenden Durst.

Es blieb nicht bei der einen Flasche, auch nicht bei der Zweiten, endlich bei der Dritten schien der Durst gelöscht zu sein.

„Los komm wir müssen gehen. Nicht, dass uns deine Eltern hier noch überraschen, dann können wir was erleben", drängelte Uli.

„Na gut, dann gehen wir eben."

Das Licht ausschaltend, die Bierkellertür hinter sich schließend verließen die beiden Jungens den kühlen Raum.

Mit aller Wucht schlug ihnen die Hitze des Tages entgegen und für einen Moment standen Sie wie benommen da. Und diese Benommenheit verschwand auch nicht wieder. Im Gegenteil sie wurde immer noch schlimmer.

Uli wurde es übel, ihm wurde richtig schlecht und es begann sich alles zu drehen. Es hätte nur noch gefehlt, dass er sich übergeben würde.

Sigi schien es nicht anders zu ergehen, er war im Haus verschwunden.

So blieb Uli nichts anders übrig, als sich auf den Weg nach Hause zu machen. Und dies sollte ein mühsamer und Langer werden. Leicht torkelnd die Straße überquerend, an den Häuserwänden langschleichend, an denen er sich immer wieder abstützen musste, erreichte er endlich das zu Hause. Hier stolperte er die Stufen hinauf, fiel hin und schlug sich das Knie auf. Er begann vor Schmerzen leise zu wimmern. Es tat ja auch so fürchterlich weh.

Das alles wegen dem Bier. Richtig elend war ihm zumute. Er konnte beim besten Willen nicht mehr.

Als er die Haustür öffnete, musste irgendwie die Mutter mitbekommen haben, dass etwas nicht stimmte. Sie eilte aus der Küche sofort in den Hausflur und sah das Häufchen Elend, was vor ihr wankend im Flur stand.

Mit den Worten: „Junge was ist mit dir los?" schlug sie vor entsetzen die Hände über dem Kopf zusammen.

„Nichts Mama", kam es stockend über Ulis Lippen.

„Von wegen nichts los. Du bist doch betrunken!"

Wortlos stand die schwankende Gestalt vor der Mutter, in deren Gesicht, sich ungläubiges Staunen wieder spiegelte. „Abmarsch ins Bett und morgen unterhalten wir uns darüber. Jetzt ist mit Dir doch kein vernünftiges Wort mehr darüber zu reden."

Wenn Uli gedacht hatte, wenn er im Bett liegen würde, dann würde es ihm besser gehen, dann sollte er sich getäuscht haben. Die Zimmerdecke über ihm begann sich zu drehen, erst langsam, dann immer schneller. Richtig schwindlig wurde ihm zumute. Und wenn das nicht schon gereicht hätte, begann jetzt auch noch die Lampe hin und her zu schaukeln wie bei einem Erdbeben. Dann musste er sich auch noch übergeben. Und was da über seine Lippen kam, schmeckte so richtig bitter.

In diesem Moment hätte er jedes Versprechen abgegeben so etwas nicht wieder zu tun. Das Bier konnte für ihn immer gestohlen bleiben. Dies waren die Gedanken, die ihn in diesem Moment beschäftigten.

Irgendwann musste Uli eingeschlafen sein.

Als ihm die Mutter am nächsten Tag weckte, ging es ihm zwar schon besser. Die Übelkeit war verschwunden, aber sein Kopf tat fürchterlich weh, als wenn ein Schwarm Bienen in ihm herum-schwirren würde.

An diesem Morgen konnte er sich jedenfalls etwas anhören, nicht nur von der Mutter, sondern auch vom Vater. Ihm wurde die Schädlichkeit des Alkohols aufgezeigt und was alles hätte passieren können in seinem angetrunkenen Zustand. Jedes Wort schien seine Kopfschmerzen noch zu verschlimmern und schnitten wie ein scharfes Schwert in sein Gehirn.

Uli hielt sich die Ohren zu. Lief in sein Zimmer und setzte sich in einer Ecke auf den Boden, immer den Kopf zwischen den Händen haltend.

Die Eltern meinten es nur gut mit ihrem Jungen.

Ob er dass auch so sah?

Kinder denken häufig anders als ihre Eltern und betrachten gute Ratschläge oft als Gängelei.

Wie heist doch das Sprichwort:

Eigene Erfahrungen sammeln macht klug.

Die Leseratte

Hinter Fensterscheiben, in denen sich die funkelnden Strahlen der Wintersonne spiegelten, stand ein Knabe. Geborgen in der anheimelnden Wärme der Wohnstube der Großeltern schaute er hinaus auf einen Platz, eingerahmt von zahlreichen Kastanienbäumen. Die Zweige der Bäume hatten schwer zu tragen unter der Schneelast. Und mitten auf dem Platz stand ein kleiner Glockenturm, wo jeden Abend das Gebimmel einer Glocke den Kindern zuzurufen schien: „Es wird Zeit nach Hause zu gehen!"

Ulrich, so hieß der Junge, drehte sich um und ließ sich in dem Sessel nieder, der direkt vor einem großen Spiegel stand. Versonnen schaute er in die rote Glut der glimmenden Holzscheite, die im Kamin knisterten. Die huschenden Schatten an den Wänden, vom flackernden Schein der zuckenden Flammen, regten die Phantasie des Knaben an. Er griff nach dem Schmöker, der neben dem Sessel auf dem Boden lag, schlug ihn auf und begann zu lesen.

Es dauerte nicht lange und er war eingetaucht in eine Welt der Phantasie und voller Abenteuer.

Mit halbem Ohr hörte er nur noch, dass die Großmutter zu ihm sagte: „Es gibt bald Abendbrot."

So bekam er auch nicht mit, dass die Schneeflocken vor dem Fenster dichter und dichter vorbei stiebten. Selbst das leise Knallen und Zischen der Äpfel, die in der Bratröhre des Kamins brutzelten schafften es nicht ihn von der spannenden Lektüre abzulenken.

Ulrich, erst in der dritten Klasse war schon eine richtige Leseratte.

Von der Wirklichkeit weit entfernt, entrückt in eine andere Welt wurde er selbst zum Helden um anderen zu helfen. Vertieft in die Bilder eines Comics schwang er sich im Geist, wie dort der Affenmensch von Ast zu Ast. In einem Land, wo das Leben einfach und grausam war, lediglich erfüllt vom Töten und getötet werden. Auch hier ging es um Bücher, um das Lesen von Büchern. Tarzan, so hieß der Affenmensch, hatte die hinterlassenen Bücher seines toten Vaters gelesen, die für ihn zu einer schmerzhaften Lektion wurden. So suchte er nach den Ursprüngen der Träume, suchte nach Liebe und Zuneigung und das alles verpackt in eine spannende Handlung.

Ein lautes „Hallo!" und ein Schütteln an der Schulter des Jungen riss in abrupt aus seiner Scheinwelt.

Es war Großmutter.

Uli fuhr in die Höhe, wusste im Moment nicht, wo er überhaupt war und dann verschwand alles um ihn her. Ihm wurde schwarz vor den Augen und er fiel neben den Sessel auf den Boden.

„Uli, was ist den los mit dir?" Aber die Worte seiner Großmutter drangen nicht zu ihm vor.

Besorgt beugte sich die alte Frau mit den grauen Haaren über den Jungen, tätschelte seine Wangen und über ihre Lippen kam immer wieder: „Uli, was ist denn los? Sag doch etwas! Uli!"

Da, die Augenwimpern begannen leicht zu zittern, langsam schlug der vor ihr Liegende die Augen auf, schaute sich erstaunt um und sagte: „Wo bin ich? Was ist los?"

„Gott sei Dank", kam es erleichtert über die Lippen der Großmutter. „Du warst für einen Moment bewusstlos? Was war denn nur mit dir los?"

„Ich weis es nicht."

„Das kommt von deiner ewigen Leserei. Du vergisst dann immer die Welt um dich herum!"

„Oma, du liest doch aber auch!"

„Das ist ganz was anders. Ich weiß, wann ich aufhören muss. Du weißt das nicht!"

„Aber Oma!"

„Nichts da aber Oma. Es ist jetzt Schluss, das Heft kommt wieder dort in den Schrank. Haben wir uns verstanden?"

„Ja, ich mach ja schon."

Ulrich stand auf, ging zu dem etwa einem Meter hohen Schrank, auf dem ein Grammophon mit Trichter stand. Er öffnete beide Türen und legte das Heft auf einen Stapel von ca. 15 bis 20 Schmökern, die sich in diesem befanden, und schloss den Schrank wieder.

Mit den Worten: „Na es geht doch" drehte sich die Großmutter um und verschwand in der Küche.

Ulrich sah sich um und schaute der Omi hinter her. Kaum war diese in der Küche verschwunden öffnete er den Schrank, griff nach einem schmalen Heft. Es war eine Bildgeschichte, die er schon lange einmal lesen wollte. Rollte das Heft geschwind zusammen und schon war es in der Hosentasche verschwunden.

„Oma, ich gehe dann mal!"

„Uli, wo willst du denn schon hin? Wir wollten doch noch zusammen Abendbrot essen?"

Ohne sich um die Worte der Oma weiter zu kümmern, verließ Ulrich die Wohnstube und rief im Umdrehen noch zurück: „Mutti wartet bestimmt schon auf mich!"

Die Tür fiel ins Schloß. Der Junge hatte sich auf den Heimweg begeben und in der Hosentasche befand sich etwas zum Lesen für die Nacht.

Wieso etwas zu lesen für die Nacht?

Ja, der Ulrich hatte da so sein Geheimnis. Seine Mutti brachte ihn jeden Abend zu Bett. Nach einem guten Nachtkuss schaltete sie das Licht aus und verließ das Kinderzimmer.

Ulrich lag dann noch eine Weile wach im Bett und lauschte in die Dunkelheit hinein. Wenn sich dann nichts mehr im Haus rührte, kam Bewegung in den Jungen. Geschwind sprang er aus dem Bett, holte sich das Piccoloheft und aus dem Nachtschränkchen eine Taschenlampe.

Und schon war er wieder im Bett verschwunden. Die Zudecke über den Kopf gezogen, im Licht der eingeschalteten Taschenlampe begann er heimlich zu lesen. Diesmal handelte es sich um die Abenteuer des Weltraumfliegers Fulgor, der einen Gürtel mit einem seltsamen Koppelschloss trug. Mit diesem Koppelschloss konnte er Beta Strahlen verschießen, die eine tödliche Wirkung hatten.

Nicht nur Comics waren Ulis Lektüre. Auf seiner Liste standen Krimis, auch Wild-West Romane. In seiner Gedankenwelt begleitete er beim Lesen seine Helden Billy Jenkins oder Tom Brocks im Wilden Westen bei ihren Kämpfen um Gerechtigkeit. Selbst einen Perry Rhodan folgte er in seinen Gedanken bei den Weltraumabenteuern.

Einen Haken hatte jedoch die ganze Leserei. Irgendwann wurde es etwas langweilig, immer wieder die gleichen Abenteuer zu lesen. Es musste Nachschub her.

Und dies war gar nicht so einfach, denn das was Ulrich und auch seine Großmutter immer lasen galt als *Schund- und Schmutzliteratur*. So was zu lesen ging in einem sozialistischen Staat gleich gar nicht mehr. Der Besitz solcher Literatur war vom Staat aus verboten und wer sich nicht darin hielt, konnte betraft werden.

Nur interessierte dies einen Jungen der in die dritte Klasse ging überhaupt nicht und er fand Wege an die entsprechende Literatur, die er ja so gern las, heranzukommen.

Er war ja nicht der Einzige. Und dann gab es auch noch welche, die die richtigen Verbindungen nach dem Westen hatten, um immer wieder an neue Hefte zu kommen.

So hatte sich im Laufe der Jahre im Ort eine Lesergemeinschaft der Westliteratur gebildet. Was der eine gelesen hatte, das hatte der andere noch nicht gelesen. Also wurde getauscht.

So entstand ein reger Tauschhandel, der auch lange gut ging. Irgendwann musste jedoch die Staatsmacht von diesem Tauschhandel Wind bekommen haben.

Eines Tages standen Männer in Uniform und in Zivil vor der Haustür, mit der Aufgabe eine Hausdurchsuchung durchzuführen, mit dem Ziel entsprechende Schund- und Schmutzliteratur zu finden, die den sozialistischen Denk- und Verhaltensweisen widersprachen.

Soviel die Männer auch in allen Ecken suchten, alles auf den Kopf stellten, es wurde nichts gefunden.

Das konnte doch nicht sein?

Hatte der Informant falsch unterrichtet oder war es eine der üblichen Nachreden, die des Öfteren durch den Ort geisterten?

Jedenfalls wurde nichts gefunden.

Wie konnte das aber sein. Ulrich und auch die Großmutter hatten schon mehr wie ein Heft der berüchtigten Schmutz- und Schundliteratur gelesen. Selbst der Vater war ein Fan der Micky Maus Heften geworden.

Wo war die bewusste Schund- und Schmutzliteratur abgeblieben?

Dafür gab es eine ganz einfache Antwort. Die besagte Literatur befand sich bei Großmutter in dem Schrank, auf dem das Grammophon stand. Das hatte sicherlich der, von dem die Information stammte nicht gewusst. Und so wurde an der verkehrten Stelle gesucht.

Dieses Ereignis beeinflusste auf keine Weise die Lesewut des Jungen. Im Gegenteil war die Neugier auf diese Literatur nur noch gewachsen. Verbotene Früchte schmecken eben süß.

Welchen angeblichen negativen Einfluss hatte das Lesen der besagten Schund- und Schmutzliteratur nun auf das weiter Leben Ulrichs genommen?

Trotz dieser Literatur ist er seinen Weg gegangen. Als Oberstleutnant a.D. hatte er später zahlreiche Bücher geschrieben.

KNALLFRÖSCHE

Knisternde Flammen, gierig leckende Feuerzungen, das zuckende sich widerspiegelnde grelle rötliche Farbenspiel des Feuers hatte schon seither eine bizarre Anziehungskraft auf den Menschen ausgeübt. Dazu gehört auch das Feuerwerk. Es gibt wohl kaum ein Kind, das nicht jauzend in den Himmel schaut, wenn die Raketen, hoch oben explodieren und sich zu einer sternenreichen in rötlichen Farben schimmernden Feuerblume entfalten.

Und sind die Kinder erst einmal größer, möchten sei unbedingt, wenn es schon keine Raketen sind, dann wenigstens Knaller in die Luft jagen. Böllern, toben und Dinge machen, die sonst „verboten" sind. Oft werden dabei die Warnungen der Eltern in den Wind geschlagen, denn sie sind viel zu fasziniert von dem kunterbunten und im wahrsten Sinne des Wortes, um die Ohren knallenden Spektakels.

Zu ihnen gehörte auch ein zwölfjähriger Junge, dem es ebenfalls schwer fiel auf diese Freunde und den Spaß zu verzichten.

Es war wieder ein Jahr vergangen und Martini stand vor der Tür, eine willkommene Gelegenheit, aus Mangel anderer Möglichkeiten selbstgebastelte Knallfrösche unter die auf dem Marktplatz versammelte Menschenmenge zu schmeißen. Es war immer ein tierischer Spaß, die Teile rumhüpfen zu sehen und wie sie den flüchtenden Leuten förmlich nachsprangen, als wäre eine magische Anziehungskraft vorhanden, egal wie weit man vom Frosch entfernt gestanden hatte.

Andrerseits war auch genau diese Eigenschaft das Gefährliche an einem Knallfrosch. Wem schon einmal so ein Ding in Gesichtsnähe explodiert oder in die Klamotten gesprungen ist, der weiß genau, wovon hier die Rede ist.

Ja Martini stand vor der Tür. Wem ist dieses Wort, ob groß oder klein nicht bekannt. Besonders die Kinder verbinden es mit einem Umzug in den späten Abendstunden.

Was ist aber das Besondere an diesem Tag?

Martini, es ist ein Tag, der auf den elften des Monats November fällt.

Die einen sagen, der Laternenumzug stamme von der Suche nach dem Mönch Martin ab. Da er geflüchtet war, weil er nicht Bischof von Tours werden wollte, suchten ihn die Menschen in der Nacht mit Fackeln, Laternen und Leuchten.

Andere gehen wiederum davon aus, dass es am Grab des Heiligen Martin viele Lichtumzüge gegeben hat.

Dieser Tag bezieht sich jedoch auch auf Martin Luther, da er an diesem Tage getauft wurde.

Wochen vorher begannen Groß und Klein, Jung und Alt schon mit der Vorbereitung des Martinsfestes. Laternen wurden in der Grundschule und in den Kindergärten gebastelt. Und die Erwachsenen machten sich Gedanken um das leibliche Wohl, Martinsgänse wurden gebraten, Martinsbrezeln gebacken und auf dem Marktplatz die Verkaufsstände für die kulinarische Versorgung nach dem Martins Zug aufgebaut.

All dies interessierte Klaus nicht sonderlich, denn so hieß der 12 jährige Knabe. Sein trachten bestand darin in den Besitz von Knallfröschen zu kommen. Da es diese nicht zu kaufen gab, blieb ihm nichts anders übrig selber welche basteln. Was dazu benötigt wurde, wusste er von den größeren Jungens, denn er hatte schon zugeschaut, wenn diese Knallfrösche herstellten.

Jetzt hieß es nur eine günstige Gelegenheit abzupassen, wo er allein zu Hause war. Das weiße Pulver, das im Wasser aufgelöst werden musste, hatte er sich aus dem Garten des Opas besorgt. Zeitungen, Löschpapier und dünner Draht lagen griffbereit.

Es war drei Tage vor Martini, an dem die Mutter die Großmutter besuchen wollte.

„Mach mir keine Dummheiten, wenn du jetzt alleine zu Hause bist?", ermahnte sie Klaus, bevor sie das Haus verließ.

„Aber Mutti, du kennst mich doch!"

„Genau!"

Kaum war die Haustür hinter der Mutter ins Schloß gefallen machte sich der Junge an die Arbeit. Schnell wurde das weiße Pulver in etwas Wasser aufgelöst und das Löschpapier in schmale Streifen geschnitten. Diese Streifen legte Klaus in die Flüssigkeit und wartete, bis sich diese vollgesogen hatten.

Zum Trocknen legte er die ersten zehn Streifen, auf die Eisenplatte des heißen Küchenherdes, in dem ein knisterndes Holzfeuer, die notwenige Hitze erzeugte.

Es dauerte nicht lange und die Löschpapierstreifen, begannen sich zu wellen. Das Zeichen dafür, dass sie trocken waren.

Schnell nahm der Junge die Streifen von der Herdplatte und legte die nächsten zehn darauf.

Und dann geschah etwas, wo mit er nicht gerechnet hatte. Irgendwie musste er es verpasst haben, die Löschpapierstreifen rechtzeitig von der heißen Eisenplatte des Ofens zu nehmen. Das Löschpapier begann sich immer mehr zu wellen und entzündete sich mit einer zischenden Stichflamme.

Erschrocken wich der Junge zurück. Es war sein Glück, das er nicht so dicht am Herd stand, sonst wäre es sicherlich nicht ohne Verbrennungen abgegangen.

Schwarz von Ruß war die Zimmerdecke über dem Ofen.

Oh je, wie sollte er das nur der Mutter beibringen?

Als die Mutter, dann etwas später die Küche betrat, kann sich sicherlich ein jeder vorstellen, was da Klaus zu hören bekam. Es waren sicherlich keine freundlichen Worte.

„Was hast du denn da wieder für einen Blödsinn angestellt?"

„Ich wollte doch wie die großen Jungens …"

„Das will ich überhaupt nicht wissen", unterbrach die Mutter ihren Jungen. „Du weist doch, was das für Folgen jetzt für die hat?"

„Aber Mutti.."

„Nichts da aber Mutti. Eine Woche Stubenarrest und du hilfst dem Vati den Schaden wieder zu beseitigen."

Wie ein begossener Pudel verließ der Junge die Küche und ging auf sein Zimmer.

Am nächsten Tag dachte der Junge zwar noch an das Malheur in der Küche, aber er hatte ja noch zehn getrocknete Löschpapierstreifen, aus denen er jetzt Knallfrösche herstellen konnte. Und die konnte er doch nicht so einfach fortschmeißen. Zeitungspapier wurde wie zu einem Fidibus gefaltet, in dessen Mitte er einen der Löschpapierstreifen legte, der wie eine Lunte auf der einen Seite rausschaute. Jetzt hieß es diesen Fidibus nur noch mehrfach zu Knicken und mit dem Draht zusammenzubinden.

Und fertig war der Knallfrosch. Nicht nur einer, sondern zehn Stück.

Und dann kam der langersehnte Tag heran. Trotz des starken Nieselregens und der gefühlten eisigen Temperaturen fanden sich viele kleine Gäste mit ihren Lichtern und Laternen zum Martinsfest auf dem Marktplatz ein.

Papierlaternen, gestaltet als Mond, als Kugel, als Stern oder längliche Ziehharmonika in denen ein Lichtlein brannte in den Händen haltend, ging es dann durch die Straßen und Gassen der Stadt.

Fröhlich und ausgelassen war die Kinderschar. Dunkle Straßenzüge wurden von Kinderlachen und tanzenden Laternenlichtern erhellt. Begleitet von den Eltern, die darauf Obacht gaben, dass in diesem ganzen Trubel ihren Sprößlingen nichts geschah.

Hin und wieder explodierte mit lautem Krachen ein Knaller.

So ein Laternenzug bei annähernd 0 Grad Celsius machte hungrig. Wieder auf dem Marktplatz angekommen schmeckten die Martinsbrezeln, eine Brezel aus süßem Hefeteig, den Erwachsenen ein Schluck Glühwein und den Kindern warmer Kakao besonders gut. Würde die Kälte nicht dennoch unter den Mantel kriechen, man würde noch tratschen und scherzen.

Jetzt schien es für Klaus der geeignete Zeitpunkt zu sein seine Knallfrösche zu zünden. Er legte den Ersten ordnungsgemäß auf den Boden, zündete ganz aufgeregt mit dem Stabfeuerzeug des Vaters das herausragende Stück Löschpapier an.

Zischend sprühten Feuerfunken aus dem zusammengefalteten Papier.

Erschrocken zuckte der Junge zusammen und wollte sich in Sicherheit bringen.

Ein Knall und dann noch ein Knall!

Der Knallfrosch verfolgte Klaus mit großen Sätzen, die begleitet wurden mit lautem Knallen. Als der Junge erschreckt die Richtung änderte, tat der Knallfrosch das gleiche. Wie ein Flummi sprang er hinter her. In der Tat er sprang bis zu einem Meter hoch und höher.

Hinter einem Baum hatte sich der Junge in Sicherheit gebracht und schaute vorsichtig hinter diesem hervor.

Als wenn nichts geschehen wäre lag der Knallfrosch als verbranntes papiernes Etwas da.

Klaus hatte noch einmal Glück gehabt. In diesem Moment war ihm klar geworden, wie gefährlich unkontrolliert herumhüpfende Knallfrösche doch wirklich sein konnten. Wenn es ganz schlimm gekommen wäre, hätte er sich die Augen verletzen können.

Und was wäre dann gewesen?

Unvorstellbar!

Feuerwerkskörper gehören nun einmal nicht in Kinderhände, denn spätestens, wenn sie zündeln und zünden, sind alle Warnungen vergessen.

KLETTERTOUR MIT ÜBERRASCHUNG

Es war an einem Sommertag, eigentlich ein Sommertag wie jeder andere. Die Sonne stand hoch am blauen wolkenlosen Himmel und schickte seine wärmenden Strahlen herab auf die Erde.

Also nichts Besonderes, doch für einen kleinen Jungen sollte es ein Tag werden, an den er noch lange denken würde.

Dieter lief die asphaltierte Straße entlang, Richtung der Gipsfelsen, die von jenseits des Bahnhofes weiß herüberleuchteten.

Der Schatten der Apfelbäume, die rechts uns links des Straßenrandes standen, spendeten nur wenig Kühlung gegen die glühenden Sonnenstrahlen, die die Luft dicht über den schwarzen Asphalt zum Flimmern brachte.

Der Junge ging diesen Weg nicht zum ersten Mal. Irgendwie lockten ihn die steilen zerklüfteten Gipsfelsen magisch an. Ja man konnte an diesen ganz gut hinaufklettern und das macht jedes Mal so richtig Spaß.

Dieter war sich der ganzen Tragweite seines tun in seinem kindlichen Eifert überhaupt nicht bewusst. Es war ja bisher auch alles gut gegangen und so zog es ihn immer wieder zu den Gipsbergen hin.

Ein toller Abenteuerspielplatz.

Als er die Eisenbahnschienen erreichte, blieb Dieter für einen Moment stehen. Schaute erst nach rechts und dann nach links. Schritt dann mit raumgreifenden Schritten auf dem schmalen Kiespfad, neben dem Schotterbett entlang, mal trippelte er auch von einer Schwelle zur anderen.

In Gedanken versunken, befand er sich schon an seiner Kletter-
wand, als ihn das „Klak, klak, klak …" erzeugt durch Eisenräder
beim Überrollen der eisernen Schienenstöße sowie das „Pufft,
pufft, pufft …" des ausstoßenden Dampfes aus dem Schornstein
einer Lokomotive, aus seiner Gedankenwelt riss.

Es war, das immer lauter werdende Geräusch eines herannahen-
den Zuges.

Dieter verließ wie ein geölter Blitz den Eisenbahndamm und
verstreckte sich im hohen Gras.

Das Rädergeräusch jetzt ganz nah, dröhnte in die Ohren des im
Gras liegenden.

Dann war es auch schon vorbei.

Der Junge erhob sich und weiter ging es, auf und zwischen den
Schienen, stolpernd über Schottersteine.

Links tauchte endlich der langersehnte weiße Steilhang auf, der
bis fast an den Eisenbahndamm heranreichte.

Dieter hatte sein Ziel erreicht. Er blieb stehen und schaute sich
aufmerksam um. Von hier aus waren es nur noch wenige Meter, die
er zurücklegen musste und er stand am Fuß einer weißen mit Rissen und Furchen zerklüfteten Felswand. Bewachsen mit Moss,
Grasbüscheln und Gestrüpp schlängelte sich hier ein kaum fußbrei-
ter Sims, der regelrecht zum Klettern einlud, nach oben.

Jetzt galt es nur noch einen Weg durch das dichte Gestrüpp am
Fuße des Hanges zu finden.

Und das war gar nicht so einfach.

Mühsam bog er die Zweige auseinander, die ihm immer wieder
aus den Händen rutschten und der eine und andere auch sein Gesicht streiften.

„Aua, aua", kam dabei hin und wieder leise über seine Lippen er verzog jedes Mal schmerzhaft sein Gesicht. Aber Dieter war ja ein Junge und ließ sich doch von so einem Klacks nicht abhalten.

Weiter und weiter zwängte sich Dieter durch das dichte Gestrüpp und stand nach kurzer Zeit vor der weißen zerklüfteten Wand des Gipsfelsen, die steil nach oben führte.

Das Abenteuer konnte beginnen.

Dicht an die Wand gepresst, immer wieder mit den Händen und den Füßen in kleinen Spalten, an hervorstehenden Steinrändern halt suchend begann er den Aufstieg.

Dieter war vielleicht schon drei Meter an der Wand hinaufgeklettert, als seine nach halt tastende Hand einen Felszacken erwischte, um sich daran festzuhalten. Doch dieser Felszacken gab plötzlich nach, löste sich aus der Wand und fiel polternd in die Tiefe.

Haltsuchend erwischte Dieter mit seiner Hand gerade noch eine Wurzel, die sich an dieser Stelle in die Höhe schlängelte.

Knapp war das gewesen.

Halt gefunden erblickte Dieter, an der Stelle wo sich der Gesteinsbrocken aus der Wand gelöst hatte zwischen Grasbüscheln eine Handteller große Öffnung.

Trotz der gefährlichen Situation, in der sich der Junge befand, plagte ihn die Neugier. Mit den Füßen auf einem schmalen Sims stehend und mit der linken Hand einen Felsvorsprung umklammernd streckte er den rechten Arm aus. Es fehlten nur noch wenige Zentimeter und er hätte mit der Hand in die Öffnung greifen können.

Irgendwie musste er doch an das verdammte Loch rankommen.

Mit seinem rechten Fuß fand er in einem etwas höher liegenden Spalt halt und zog sich jetzt mit der linken Hand an dem Felsvorsprung, an dem er sich festhielt, etwas in die Höhe.

Es reichte.

Neugierig griff der Junge ganz vorsichtig in das Loch. Es konnte ja das zu Hause irgendeines Tieres sein. Und wenn das ihn einfach in die Hand beißen würde. Oder würde er vielleicht doch einen Schatz hier finden. Er stellte sich das schon im Geiste vor, wenn sie ihn in der Schule dann alle Dieter den Schatzjäger nennen würden.

Ach wäre das schön.

Und wirklich, es lag etwas in dem Loch. Vorsichtig zog Dieter das irgendetwas heraus. Ja, es war irgendetwas, das in einen Stofffetzen eingewickelt war.

Also doch ein Schatz.

Den Fund unter das Hemd steckend kletterte der Junge vorsichtig den Hang wieder hinunter. Er konnte es kaum erwarten den Fuß des Hanges zu erreichen, so neugierig war er auf seinen Fund.

Dann hatte er es endlich geschafft. Vorsichtig begann er das Tuch, das den Gegenstand umhüllte zu entfernen. Das Tuch fühlte sich irgendwie ölig an.

Auf jeden Fall musste es ein fester Gegenstand sein, das konnte er schon fühlen. Lage um Lage entfernte Dieter das ölige Tuch und seine Aufregung wurde dabei immer größer.

Was mag es nur sein?

Dann lag der Gegenstand vor ihm und der Junge glaubte seinen Augen nicht zu trauen. Es war nicht der erhoffte Schatz, es war eine Pistole. Ja eine richtige Pistole.

Neugierig nahm Dieter vorsichtig die Pistole in die Hand. Drehte sie von einer Seite auf die andere. Ölverschmiert und von Rost keine Spur. Sie schien noch funktionsfähig zu sein.

Und dann kam Dieter auf den wahnwitzigen Gedanken, die Pistole doch einmal auszuprobieren. Er wollte wissen, ob diese wirklich noch schießen würde.

Aber was tun?

Gehört hatte er schon davon, das bei älteren Waffen, wenn man mit dieser Schoß einen der Lauf um die Ohren fliegen würde. Und das wollte Dieter schon gar nicht riskieren.

Also, was tun?

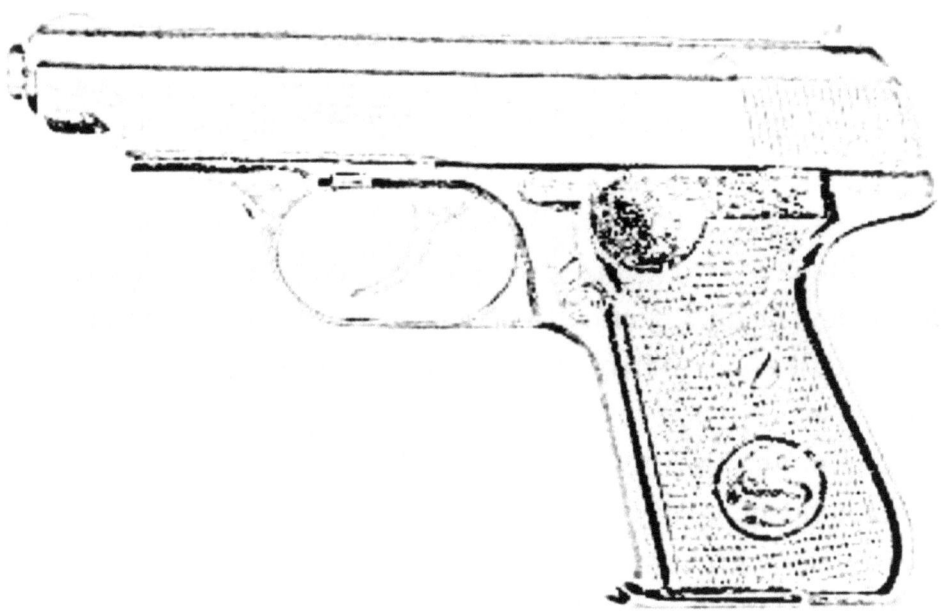

Er überlegte hin und er überlegte her, wie er das bewerkstelligen konnte, ohne selbst in Gefahr zu geraten.

Als sein Blick auf einen kleinen Baum in unmittelbarere Nähe fiel, an dem sich in nicht allzu großer Höhe eine Astgabel befand, kam ihn blitzartig ein Gedanke. Wenn er nun die Pistole in dieser Gabel festband und an den Abzug einen langen Bindfaden befestigte, dann konnte ja nichts geschehen.

Auf was für blödsinnige Ideen, nein es war schon keine blödsinnige Idee mehr, sondern eine ganz gefährliche Idee auf die doch Kinder manchmal kommen können.

Und warum ist das so?

Sie sind eben noch Kinder und sie können oft durch ihr tun und handeln nicht einschätzen wie ein Erwachsener, was sie da anstellen.

Bindfaden und einen Nagel hatte Dieter immer in der Hosentasche.

Die Pistole in der Astgabel festzubinden war gar nicht so einfach, denn der Abzugshebel musste frei beweglich sein.

Endlich hatte Dieter es geschafft. Den Bindfaden abwickelnd ging er hinter einem großen Stein in Deckung, der in unmittelbarere Nähe lag. Dann zog er erst vorsichtig am Bindfaden, dann immer fester und der Abzugshebel begann sich langsam zu bewegen.

Klick!

Das war alles. Kein Schuß löste sich aus der Waffe.

Dieter versuchte es noch einmal.

Das gleiche Ergebnis.

Enttäuscht band er die Pistole aus der Astgabel los und versteckte diese unter seinem Hemd.

Was tun jetzt mit der Pistole?

Da fiel ihm sein Onkel ein, der bei der Polizei war und sich ja mit Schusswaffen auskennen musste.

Er machte sich sofort auf den Weg, und wie es der Zufall wollte, war der Onkel zu Hause.

„Wo kommst du her? Hast du etwas auf dem Herzen?" wollte dieser von ihm wissen.

Etwas stotternd berichtete er ihm von seinem Fund und was er mit der Pistole vorgehabt hatte.

„Bist du von allen guten Geistern verlassen!" fuhr oder Onkel den Jungen an. „Weist du überhaupt, was da hätte passieren können? Was hast du dir nur dabei gedacht?"

„Nichts, habe … habe … ich mir dabei gedacht! Ich wollte … wollte doch nur sehen … sehen … ob man damit noch schießen kann!"

„Junge, das ist eine alte Waffe aus dem Krieg. Nur gut, dass keine Patrone im Lauf war."

„Aber!"

„Nichts aber! Du hast großes Glück gehabt. Hätte der Schuß sich gelöst, wäre die Pistole explodiert und du hättest durch die umherfliegenden Metallsplitter verletzt werden können."

„Ich werde die Pistole behalten und bei meinem Chef abgeben. Und so einen gefährlichen Blödsinn machst du mir nicht noch einmal. Haben wir uns verstanden?"

„Ja" kam es zögerlich über die Lippen des Jungen und er machte sich wie ein begossener Pudel auf den Heimweg.

Der Weihnachtsstern

Kraftlos hing die goldene Scheibe der Sonne am eisig blauen Winterhimmel. In der Ferne ballten sich bereits erste dicke Schneewolken zusammen. Der Wind trieb sie vor sich her und schon schoben sie sich grau und schwer vor Tante Klara.

Die Welt verfinsterte sich. Man konnte den Schnee förmlich riechen.

Karg und farblos die Natur, sie schlief.

An diesem Tag, einen Tag vor Weihnachten begann es zu schneien. Anfangs tanzten nur wenige weiße Flocken nach dem Lied des Windes. Aber die Wolken trugen eine schwere Last. Immer dichter und stärker fielen die Schneeflocken auf den froststarren Boden. Ohne Unterbrechung rieselte der Schnee herab, der langsam mit seinem reinen Weiß die schlafende Natur bedeckte.

Im Nu wurden der Wald und die Flur in ein weißes Kleid gehüllt, die roten Ziegeldächer der Häuser im Dorf bekamen weiße Mützen aufgesetzt. Während die Alten des Dorfes besorgt zum Himmel schauten, freuten sich die Kinder ihres Lebens. Ohne Unterlass versuchten sie die tanzenden Schneeflocken zu fangen und die Freude darüber erwärmte die Herzen der Erwachsenen.

„Pff!" machte der Wind und blies rasch im Vorbeiwehen den einen und anderen Beerenstrauch im Garten ein bisschen von seinem Schmuck herunter. Kleine weiße Schneewölkchen flogen in die Höhe. Und der große Tannenbaum, dort vor dem Haus, hatte an der Schneelast auf seinen Zweigen mächtig zu tragen.

Schwach schimmerte die milchig weiße Scheibe der Sonne durch die dunstige Winterluft. Sie war nicht allzu hoch an dem

Himmel hinaufgestiegen, denn sie wollte ja rechtzeitig wieder unten sein, zur heiligen Christnacht.

Endlich, zur Mittagszeit, verzog sich der Dunst und freundlich blickte der blaue Himmel hervor. So weiß und rein, so zart und glänzend lag der Schnee da, dass den Kindern die größte Lust ankam, in ihm herumzutoben. Übermütig stapften die Buben und Mädchen durch die tiefsten Wehen und bewarfen sich mit Schneebällen. Vor Vergnügen und der Kälte bekamen sie frische rote Wangen und fast ebenso rote Hände.

Das Fenster eines Hauses, in dessen Scheiben sich die funkelnden Strahlen der Wintersonne spiegelten, öffnete sich. Eine junge Frau schaute heraus und beobachtete mit zufriedener Miene die herumtollenden Kinder, bis sie schließlich rief: „Hansi ...! Heidi ...!

„Ja, was ist?", antworteten zwei der Sprösslinge wie aus einem Mund, Zwillinge waren es.

„Kommt rein, Großmutter müsst ihr noch besuchen! Bevor es dunkel ist will ich euch wieder zu Hause sehen!"

„Ja, Mutti wir kommen sofort!", riefen beide erfreut.

Übermütig stürmten die Kinder ins Haus. Geschwind hatten sie den Schnee von der Kleidung gestiebt, rasch wärmende Jacken angezogen, Bommelmützen aufgesetzt und ihre Hände in dicke Fellhandschuhe gesteckt.

Nur noch mit halbem Ohr hörten die Kinder, was die Mutter ihnen auftrug, in Gedanken waren sie schon auf dem Weg zur Großmutter. Die alte Frau erzählte immer so spannende Geschichten und jetzt zur Weihnachtszeit sicherlich eine über den Weihnachtsmann, der im hohen Norden gerade seinen von Rentieren gezogenen Schlitten mit Weihnachtsgeschenken für die braven

Kinder belud.

„Beeilt euch", ermahnte die Mutter noch einmal die Kinder, die sich ungeduldig von ihr mit einem flüchtigen Kuss verabschiedeten.

Und los stapften die beiden durch den tiefen Schnee, jedes ein Körbchen in der Hand. Am windschiefen Gartenzaun drehten die Geschwister sich noch einmal um und winkten der Mutter. Dann liefen sie an den halb eingeschneiten Hütten des Dorfes vorbei, die bald hinter ihnen lagen.

Außerhalb des Ortes wehte und wirbelte der Wind durchsichtige Schneewölkchen in die Höhe. Wie unzählige kleine Kobolde kreisten Flocken durch die Luft und fielen überall hin, auf die Mützen, auf die Jacken und sogar in die Gesichter der Kinder.

Die Wiesen und Äcker, die auf ihrem Weg zum nahen Wald lagen, versteckten sich unter einer dichten Schneedecke.

Schwarze Vögel, die irgend etwas aufgescheucht haben musste, flogen krächzend und flügelschlagend in weitem Bogen auf die rechts und links des Weges stehenden hohen Schwarzpappeln zu. Einige der Krähen ließen sich aufplusternd in den kahlen Kronen der Bäume nieder, die anderen kreisten weiter auf der vergeblichen Suche nach Futter.

Der Wind begann stärker zu blasen und trieb dem kleinen Mädchen die Tränen in die Augen. Weißer Atem bildete sich vor den Mündern der Kinder. Hansi konnte die Mütze gerade noch festhalten, die eine Windböe ihm vom Kopf reißen wollte.

Vor ihnen breitete sich in seiner ganzen weißen Pracht der Winterwald aus.

„Sieh nur", rief Heidi aufgeregt. „Wie viele Weihnachtsbäume das sind! Und der Schnee auf ihnen sieht wie weiße Wolle aus!"

„Ja ..., und sieh nur ..., dort ...", antwortete Hansi begeistert, „dort, wo die Sonnenstrahlen darauf scheinen, glitzern tausend Sterne".

Der Weg durch den verschneiten Winterwald führte die Kinder an einer kleinen Lichtung vorbei. Hier blieben sie wie angewurzelt stehen.

Ein stattlicher Hirsch, auf seinem Haupt ein riesiges Geweih, überquerte die Lichtung. Mehrere Hirschkühe mit ihren Jungen liefen langsam hinter ihm her. Der Hirsch hob sein stolzes Haupt und schien die Kinder klug und furchtlos anzusehen.

„Ist das nicht wunderschön?"

„Ja", flüsterte Heidi, „sei leise sonst verscheuchst du die Tiere."

Die Welt um sich her vergessend schauten die Kinder mit leuchtenden Augen auf das friedliche Bild.

„Komm, wir müssen weiter", drängelte Hansi. „Du weist wir sollen vor dem Dunkel werden wieder zu Hause sein."

Der Wind hatte sich gelegt.

Nur das leise Knirschen der Schritte im tiefen Schnee war zu hören und dann und wann leises Knacken im Unterholz, das von dürren Ästen herrührte, denen die Schneelast zu schwer geworden war. Der Wald lichtete sich und vor den Kindern lag das freie Feld. Nicht weit entfernt kauerten auf einem Häuflein, strohbedeckte Bauernhäuser.

Kalt waren die Ohren der Kinder geworden, steif und feuerrot. Aber die Finger erst, oje! Da saßen lauter kleine Nadeln drin und piekten, trotz der dicken Handschuhe. Rasch schritten die kleinen Füße aus und trugen die beiden zur Hütte der Großmutter hin.

Aus dem Schornstein, des mit alten Schindeln bedeckten Hauses stieg weißer Rauch empor.

„Großmutters Häuschen!", jubelten die Beiden. Kaum hatten sie den Schnee von Jacke, Hose und Schuhen geklopft, da stürmten die Kinder schon in die warme Stube und riefen: „Großmutter! Großmutter!"

Im Zimmer roch es nach Tannengrün und Pfefferkuchen.

„Fröhliche Weihnachten, Großmutter!"

„Fröhliche Weihnachten, ihr Lieben!"

Die Kinder überreichten die Geschenke und richteten die Grüße der Mutter aus.

„Ihr seid ja richtig durchgefroren, wärmt euch erst einmal auf, bevor ihr euch wieder auf den Rückweg macht", sprach die Großmutter und sah dabei besorgt die Kinder an. „Ich erzähle euch auch schnell noch eine Geschichte."

„Oh, fein!", riefen sie da erfreut.

Im offenen Kamin knisterte anheimelnd das Kiefernholzfeuer und belebte mit seinem zuckenden Widerschein das gütige Antlitz der alten Frau.

Heulend pfiff der Wind durch den Schornstein.

Die Kinder ließen sich auf das weiße Schafsfell nieder, das vor dem Kamin lag. Versonnen schauten sie in die rote Glut der glimmenden Holzscheite. Die huschenden Schatten an den Wänden, vom flackernden Schein der zuckenden Flammen erzeugt, regten die Phantasie der Kinder an. Sie hörten nach draußen, auf das Wehen des Windes und das leise Rieseln der Schneeflocken gegen die Fensterscheiben, an denen sich bizarre Eisblumen bildeten.

Die Großmutter, schneeweiß waren ihre Haare vom Alter, setzte sich in den vom vielen Gebrauch abgenutzten Lehnstuhl und begann: „Ich erzähle euch heute etwas von einem kleinen Jungen, der am Heiligen Abend das Licht der Welt erblickte." Sie schaute die Kinder dabei an, die mit leuchtenden Augen, gespannt blickend an den Lippen der alten Frau hingen.

„Vor langer, langer Zeit lebte einst ein mächtiger Kaiser, der wollte wissen, wie viele Menschen in seinem Reich lebten und er ordnete an, eine Zählung durchzuführen. Und so machten sich die Menschen, Jung und Alt, Arm und Reich, Groß und Klein in die Stadt auf, wo sie gezählt werden sollten.

Auch Joseph mit seiner Frau Maria, die ihr erstes Kind erwartete, begaben sich auf den langen und mühsamen Weg, der von der Stadt Nazareth, nach Bethlehem führte. Nach Tagen trafen sie müde und abgespannt in den späten Abendstunden in Bethlehem ein. Vergeblich suchten sie nach einer Unterkunft. Die Herbergen waren alle überfüllt. Lange irrten Marie und Joseph suchend durch die Straßen der Stadt. Erst als die Nacht vom Himmel herabsank, fanden sie ein warmes Plätzchen. Es war zwar nur der Schafsstall, aber sie hatten wenigstens ein schützendes Dach über dem Kopf.

Auf dem, mit Stroh bedeckten Boden, ließen sie sich ermattet von den Anstrengungen des langen Weges nieder. Joseph betrachtete besorgt sein Weib, bei der die Geburtswehen in immer kürzeren Abständen einsetzten. Sie gebar unter Schmerzen ihren ersten Sohn. Den kleinen Knaben wickelte sie in Windeln und legte ihn in eine einfache Holzkrippe."

Nicht einmal das leise knallen und zischen der Äpfel, die in der Bratröhre des Kamins brutzelten, konnten die Kinder ablenken, von dem, was die Großmutter erzählte. Andächtig lauschten sie.

„In derselben Nacht hüteten Hirten ganz in der Nähe von Bethlehem auf den hartgefrorenen Feldern ihre Schafe. Klar funkelten die Sterne am nächtlichen Himmel. Die in Decken gehüllten und sich auf Wurzelholzstecken abstützende Männer spürten förmlich, wie der Frost von den Sternen herabstieg. Das helle Licht des Mondes tauchte die Ebene in matte Helligkeit. Ein eisiger Hauch streifte plötzlich die Hirten und im selben Moment wäre ihnen das Herz beinahe stehen geblieben. Entsetzt schauten sie nach oben und verfolgten mit atemloser Spannung das Geschehen. Aus dem immer heller wabernden und wallenden Nichts schälten sich die Umrisse einer weißgekleideten Gestalt heraus, die plötzlich in einem unglaublichen Lichterglanz erstrahlte. Es war ein Engel. Wie erstarrt standen die Hirten da und schauten die Erscheinung mit weit aufgerissenen Augen an. Lieblich klang das Spiel der Harfen, das vom Horizont herauf ziehend durch die Luft schwebte. Der Engel sprach beruhigend auf die Hirten ein und sagte: ‚Geht hin, denn in einem Schafstall werdet ihr ein Kind finden, dass in Windeln gewickelt, in einer Krippe liegt. Es ist Christus, der neue Heiland'. Während der Engel sprach, umschwebte ihn ein immer dichter werdender Kreis von silberbeflügelten Englein, die Saitenspiele in den Händen hielten. Kaum hatte der Engel seine Worte beendet, begann der unglaubliche Lichterglanz zu verblassen und wie zuvor funkelnden die Sterne am nächtlichen Himmel. Nur das dies Mal über Bethlehem ein besonders heller Stern leuchtete."

Hansi, ganz versunken in die Erzählung der Großmutter, knackte eine Haselnuss nach der anderen. Unbewusst warf er die Schalen in die rote Glut des Feuers, das knisterte so schön.

„Die Hirten machten sich auf die Suche nach dem Schafstall und fanden diesen in Bethlehem, über dem der helle Stern erstrahlte.

Auf dem strohbedeckten Boden lagen Maria und Joseph. Daneben in einer Krippe aus Holz befand sich ein in Windeln gewickeltes Wesen. Es war ein Knäblein … Zur selben Zeit kamen von weit her, aus dem Morgenland, drei weise Männer und suchten ebenfalls nach dem kleinen Kinde. Der hell leuchtende Stern hatte ihnen den Weg gewiesen. Als die gelehrten Männer sahen, dass der Stern über einem Stall stehen blieb und diesen mit seinem gleißenden Schein umhüllt, waren sie hoch erfreut. Sie gingen in den Stall und fanden das Kind und Maria seine Mutter. Die Weisen fielen auf die Knie, beteten den Knaben an und breiteten dann ihre Geschenke aus".

Beim Erzählen war die Zeit wie im Fluge vergangen. Die Sonne neigte sich bereits tief nach Westen und stand wie eine dunkelrote Scheibe am Himmel.

Erschrocken blickte die Großmutter auf und sprach aufgeregt: „Kinder, jetzt müsst ihr euch aber beeilen, das ihr vor dem dunkel werden noch zu Hause seid."

Schnell hatten sich die beiden angezogen, verabschiedeten sich von der Großmutter und begaben sich auf den Heimweg. Für die Geschwister schien sich der Weg über das freie Feld bis zum Wald endlos hinzuschlängeln. Mühsam stapften sie durch die tiefen Schneewehen, die sich an vielen Stellen gebildet hatten. Wild tanzten die Schneeflocken herunter, die wie scharfe Eiskristalle in die Gesichter fegten.

Der Ostwind nahm an Kälte und Stärke zu. Die ersten dunklen Wolken jagten bereits über die nahen Berge heran. Kurz darauf setzte starkes Schneegestöber ein.

Der Wind peitschte die Flocken empor und trieb dünne weiße Wände vor sich her. Die Heftigkeit des Windes verstärkte sich zum

Sturm. Die Hütten des Dorfes und der nahe Wald verschwanden hinter den heranfauchenden Flockenhaufen.

An den Händen haltend mussten die Kinder sich gegen den Wind stemmen, um überhaupt vorwärtszukommen.

Ungeheure Schneemassen mengten sich immer wieder in die kalte Winterluft.

Es heulte und jaulte.

Da tauchte endlich der schützende Waldrand aus der weißen Schneewand auf. Hansi ließ für einen Moment seine Schwester los, sogleich riss eine Windböe das Mädchen von den Beinen. Mühsam raffte es sich wieder auf, wobei der Pulverschnee in die Ärmel der Jacke kroch.

Mit klopfendem Puls, Knie und Hände zitternd, erreichten sie den schützenden Waldrand. Einen tiefen Seufzer der Erleichterung ausstoßend griff Hansi nach dem nächsten überhängenden Baumzweig, um sich aufrecht halten zu können. Mit der noch freien Hand zog er seine Schwester in den Wald, wo sie endlich Schutz vor dem eisigen Wind fanden.

Es knackte in den Zweigen. Es knarrten die Stämme.

Die Nacht begann ihre schwarzen Schleier aufzuhängen.

Und weiter ging es, stapfend durch den tief verschneiten Winterwald. Hier konnte der Sturm nicht mehr mit den Kindern sein Spiel treiben. Sie überquerten Stellen, an denen die Luft so still war wie hinter einer hohen Mauer. Nur das Gebrüll zu ihren Häuptern und das Ächzen und Wiegen der Stämme war ein Zeichen dafür, dass der Sturm nichts von seiner Kraft verloren hatte. Durch tiefen Schnee und über kahlgefegte Flächen ging es vorwärts. Als sie an den dunklen Silhouetten riesiger Tannen, die mit ihren schneebedeckten Zweigen zu winken schienen, vorbeikamen, wurde der Weg noch beschwerlicher.

Die Schneedämmerung und die Finsternis des Waldes belebten sich mit tausendfachen, wirbelnden Gestalten der Phantasie. Nicht nur dem Mädchen, sondern auch dem Jungen überkam die Angst laut aufzuschreien, und sie brachten doch keinen Laut hervor.

Die Kinder hatten den Weg verloren und standen hilflos in der Finsternis des Waldes. Überall lag die gleiche einförmige, weiße Schneeschicht, und nirgends war ein Weg, geschweige noch ein Pfad zu sehen. Erst leise, dann immer lauter riefen sie: „Hiiilfe ...! Hiiilfe ...!"

Vergeblich war all ihr verzweifeltes Rufen.

Wer sollte sie auch um diese Zeit in der Schneehölle hören?

So irrten die Kinder durch den finsteren Winterwald und sie wussten zum Schluss nicht mehr ein, noch aus. Die Angst und der Frost trieben sie immer tiefer in den verschneiten Wald hinein.

Fürchterlich war die Eiseskälte.

Da nützten letztlich auch die Handschuhe nichts mehr. Die Finger froren steif, wie auch die Zehen.

Und die Knie.

Und die Waden.

Alles schüttelte sich vor Frost.

„Es ist so schrecklich kalt", flüsterte Heidi mit zitternder Stimme. Das Mädchen fröstelte am ganzen Körper. „Ich kann nicht mehr weiter. Hansi, lass uns etwas ausruhen."

Sie fanden eine Stelle, wo dichtes Astwerk den Schnee abgefangen hatte und den Boden nur fußhoch bedeckte. In der trockenen Höhle, die sich unter einer Wurzel befand, ließen sie sich für einen

Moment nieder, um sich auszuruhen. Selbst Laub und Moos gab es hier. Die beiden Kinder kuschelten sich in dem warmen Nest immer enger zusammen.

Es war bereits Dunkel geworden, da die Dämmerung wohl an diesem Tage eine Stunde früher zugenommen hatte.

Und die Kinder waren noch immer nicht zu Hause eingetroffen. Hatten sie sich etwa verlaufen?

Die besorgten Eltern machten sich auf die Suche nach ihren Sprösslingen.

Die Windsbraut schien einen mächtigen Hassgesang anzustimmen, allen Irdischen hohnlachend. Zuletzt war nur noch das lange, nicht enden wollende Geheule zu hören.

Stunden lang dauerte die Suche und es half weder Rufen noch Schreien. Schaudernd standen die Eltern in dem pfeifenden, eisigen Wind und legten nach jedem Rufen lauschend die Hände an die Ohren, wie jemand, der erwartete, dass man eine Antwort erhielte. Jedoch alles war vergebens, nur immer mächtiger sauste und brauste es und schüttete die weiße Last auf Wald, Flur und Haus. Die wirbelnden Schneewände verschluckten jeden Laut. Die Eltern mussten unverrichteter Dinge umkehren.

In der Zwischenzeit lagen die Kinder in der schützenden Höhle.

„Du darfst nicht einschlafen", flüsterte der Junge besorgt.

„Hab keine Angst, ich schlafe nicht", kam zähneklappernd mit schon leiser werdender Stimme die Antwort.

Erschrocken riss Hansi die Augen auf. Er musste wohl kurz eingeschlafen sein.

Erneut fielen dem Jungen für Sekunden die Augen zu, aber die Furcht zu erfrieren, zwang ihn auf die Beine.

Plötzlich, eine unheimliche Stille. Der Knabe schaute verwundert auf.

Das Unwetter war vorübergerast. Der Wald stand jetzt ruhig. Er schien schwer zu atmen und sich in die grenzenlose Stille einzuhüllen, die über der Erde schwebte. Es war so still geworden, dass kein Zweig sich rührte; nur wenn eine Eule sich auf einen Ast setzte, fiel ein Stück Schneebehang mit halblautem Geräusch herab.

Hansi bemühte sich, die steifen Arme auszustrecken, um das Blut wieder in Bewegung zu bringen. Er klopfte sich den Schnee herunter, dabei sich nach seiner Schwester umsehend. Diese starrte mit weit aufgerissenen Augen an ihm vorbei und sprach mit ungläubigem Ton in der Stimme: „Schau! ... So schau doch, Brüderchen!"

„Was ist denn?"

„Schau doch ... dort ... den Tannenbaum!"

Hansi drehte sich um und was er da zu sehen bekam, verschlug ihm die Sprache.

Die Kinder hatten am Rande eines alten Kahlschlages Schutz gefunden. Weit verstreut standen hier große und kleine Tannen.

Tausende Sterne leuchteten am dunklen Himmelszelt und der gelbe Mond tauchte alles in milchiges Licht.

Inmitten der wie ein Silberfeld leuchtenden freien Schneefläche reckte eine herrliche Tanne ihre weit ausladende Krone in den Himmel. Goldiger Schein umkoste den schönen Baum. Auf jedem Zweig ein Schneestreifen, an den Zweigspitzen kleine Eiszapfen, die glitzerten und flimmerten im Licht unzähliger Kerzen, die ringsumher auf den Zweigen feierlich flackerten. Aus dem halbverschneiten, dunklen Gezweig schauten die roten Backen der Äpfel hervor. Gold- und Silbernüsse blitzten und funkelten. Ganz oben auf der Spitze der regelmäßig gewachsenen Tanne leuchtete ein heller Stern, der dem Stern, der über dem Schafstall in Bethlehem geleuchtet hatte, verdammt ähnlich sah.

Und neben dem Baum stand das Christkind in einem langen weißen Pelzkleidchen, das Mützchen voll Schnee, mit rot gefrore-

nem Näschen und lachte über das ganze Gesicht. Der Weihnachtsmann neben ihm trug einen dicken roten pelzverbrämten Rock,
schwarze Stiefel, eine rote Mütze, und sein weißer Bart flatterte im
Wind. Er winkte den Kindern zu und schien ihnen zuzurufen: „Ihr
findet schon den Weg nach Hause!" und wies mit der rechten Hand
in Richtung des leuchtenden Sterns hoch oben auf der Tannenspitze. Und dann war da noch der mit Geschenken beladene Schlitten,
den sechs Rentiere zogen.

Vor Glück und Seligkeit leuchteten da die Kinderaugen.

Der Nachtwind trug das Helle „Bim! ... Bim! ... Bim! ..." einer
fernen Glocke herüber.

Wie ein Spuk verschwand die Erscheinung. Nur auf der Tannenspitze blitzte noch ein goldenes Licht, dass die Finsternis erhellte.

Der goldene Stern!

„Sieh nur, Schwesterchen, dort das goldene Licht, gleicht es
nicht dem Stern, der die Hirten von Bethlehem und die Weisen aus
dem Morgenland zum Christkind geführt hat."

„Ja, er muss es sein. Vielleicht zeigt er uns den Weg nach Hause."

Und zu Hause saßen, die besorgten Eltern, die nach der erfolglo-
sen abgebrochenen Suche nach den Kindern sich immer wieder die
Frage stellten: „Wo sind nur unsere Lieben? Ist ihnen etwas zuge-
stoßen?"

Zur gleichen Zeit stieg das goldene Licht langsam von der Spitze des Tannenbaums als Stern klar funkelnd zum nächtlichen Winterhimmel empor und verharrte einen Moment, wie um sich zu
überzeugen, dass die Kinder ihm folgten.

„Sieh nur! Er will uns wirklich den Weg zeigen!"

Langsam setzte der Stern sich in Bewegung und die Zwillinge folgten ihm. Jedes Mal, wenn diese erneut vom Weg abkamen, erblickten sie zwischen den Wipfeln der Bäume den Stern, der sie immer wieder auf den richtigen Weg zurückführte.

Heidi stapfte müden Schrittes hinter ihrem Bruder her.

Und hoch am Himmel wies der helle Stern den Weg.

Stunden schienen vergangen zu sein, als die Geschwister endlich den Waldrand erreichten. Vor ihnen lag die weite Ebene in stiller weißer Pracht. Nur hier und da wirbelten Wölkchen von nicht greifbarer Gestalt auf, flogen überall umher und gerieten den Kindern ins Gesicht.

Aus den unweit vom Walde stehenden Häusern des Dorfes drang mattgoldener Weihnachtsschein herüber.

„Dort, unser Häuschen!", jubelten die Kinder.

Ganz traurig stand es da, als würde ihm etwas fehlen.

Wie weggeblasen war all die Müdigkeit. Die Kinder begannen zu laufen und erreichten nach kurzer Zeit das Elternhaus.

Beim Öffnen der Haustür fuhr die Mutter auf. Ein dickes Buch hätte man sicherlich davon schreiben können, was das Herz der armen Frau gefühlt haben mochte und was ihr alles durch den Kopf gegangen war. Als die Kinder aber jetzt in die warme Stube stürmten, kam ein leises „Vergelt's Gott" über die Lippen der Mutter.

War das auf einmal eine Freude in dem kleinen Haus! Alle trüben Gedanken waren wie weggeblasen. Die Kinder fielen der Mutter um den Hals. Mit Tränen verschleierten Augen drückte sie ihre Lieben an das Herz. Selbst der Vater, der das friedliche Bild vor dem Weihnachtsbaum betrachtete, bekam einen feuchten Blick, der seine Augen wie zwei Weihnachtslichter leuchten ließ.

Ganz still war es in der Wohnstube geworden, ganz still. Glänzende Kinderaugen blickten zu dem herrlichen Weihnachtsbaum hin. Das flackernde Licht der weißen Kerzen spiegelte sich, in den an den grünen Zweigen hängenden bunten Glaskugeln. Zwischen allen schwebten bunte Holzengel an dünnen silbernen Fäden und auf der Baumspitze strahlte der goldene Stern.

„Sie nur, Schwesterchen, da ist er wieder! Dort der goldene Stern auf der Tannenspitze, der uns den Weg nach Hause gezeigt hat!"

„Ja, er ist es!"

Nie zuvor hatten die Lichter am Tannenbaum den Kindern so hell gestrahlt, und nie zuvor hatten sich Eltern und Kinder so lieb gehabt wie an diesem Heiligen Abend. Es war so viel Sonne im Häuschen, so viel Freude und Lachen, dass sie meinten, die vier, es reiche fürs ganze Leben.

ERNST - ULRICH HAHMANN,

geb. 1943 in Ellrich am Südharz, lebt in Bad Salzungen, Ausbildung als Dreher, danach Laufbahn eines Artillerieoffiziers (1963 - 1988). Während der Wendezeit Einsatz als Kreisgeschäftsführer beim DRK (1988 - 1991). Anschließend in verschiedenen Wachfirmen in unterschiedlichen Funktionen tätig.

Während der Armeezeit Artikel für militär-technische und militärwissenschaftliche Zeitschriften geschrieben sowie eine Dokumentation über das Leben und Wirken des Arbeiterführers Franz Jacob angefertigt. Nach der Wende Fernstudium *„Schule des Großen Schreibens"* an der Axel Andersson Akademie in Hamburg (1992 - 1995).

Mitglied des Literaturkreises Bad Salzungen.

Bisher erschienen:
„Das alte Salzungen - Sagen einer Stadt im Werratal"
„Das alte Ellrich - Sagen einer Südharzstadt"
„Die wilde Horde"
„Die Schnepfenburg - Bad Salzungen"
„Der Weg in die Hölle - Stalingrad"
„Die Ritter vom Frankenstein"
„Reiki - Heilende Hände" (Co-Autor Edelweiß Knabe)

„Jörg Seedow - Ein Journalist auf Spurensuche - Der Leichen-
schänder

„Jörg Seedow - Ein Journalist auf Spurensuche - Der Flüchtling

„Welt der Heimatsagen - Sagen und Geschichten aus dem Werratal"

„Welt der Heimatsagen – Sagen und Geschichten aus dem Süd-
harz-Vorland

„Mit neunzehn im Kessel von Stalingrad"

„Es gibt eine wunderbare Kraft ... (Co-Autor Edelweiß Knabe).

„Bad Salzungen und seine Gotteshäuser"

„Die Ritterburgen im Salzunger Land"

„Unter der Knute Stalins"

„Welf Wesley - Der Weltraumkadett, Band 1: Die Feuertaufe"

Glauben Sie an Wunder? Können unsere Gedanken und Gefühle das ganze Leben beeinflussen? Ist das schier Unmögliche möglich? Wo hört das Erklärbare auf, wo fängt das Unerklärliche an? Was müssen wir alles als gegeben hinnehmen oder einfach nur glauben? Gibt es diese Grenzen überhaupt oder verschmilzt beides miteinander? Fragen über Fragen!

Sie halten hier ein Buch in der Hand, in dem es um Dinge geht, die sich außerhalb unserer Vorstellungskraft abspielen. Lebensumstände, aber auch die Faszination des Themas brachte die beiden Autoren dazu, auf der Suche nach Antworten zu dieser Thematik, sich auf das glatte Eis des Unbekannten zu wagen.

Wenn Sie jetzt erwarten eine wissenschaftliche Abhandlung in der Hand zu halten, kann diese Frage teilweise nur mit „Ja" beantwortet werden. Auf dem Gebiet der wunderbaren Kraft der kosmischen Energie, des inneren Ich's, der Seele, muss man bestimmte Dinge einfach als gegeben hinnehmen. Die Wirklichkeit ist oft eine andere als die Realität, besonders in einer Dimension unseres Daseins die für den menschlichen Geist unvorstellbar ist und es viel Phantasie bedarf, diese sich nur annähernd vorstellen zu können. Dabei geht es um die Beantwortung von Fragen, die sich mit der kosmischen Kraft beschäftigen oder was verbindet das „innere Ich" mit der Liebe? Welchen Einfluss hat die kosmische Energie auf die Selbstheilungskräfte des menschlichen Körpers? Weiterhin nehmen wir sie mit auf eine kleine Reise durch das Quantenuniversum.

Es geht uns darum, Neugier auf das Ungewöhnliche, Unbekannte zu wecken, was in der Endkonsequenz einen positiven Einfluss auf ihr weiteres Leben haben könnte.

Lassen Sie dabei Ihre Phantasie walten, bei den Dingen, die heute von noch keiner Wissenschaft erklärt werden können. Glauben Sie daran oder versuchen sie wenigstens daran zu glauben, dass es noch eine andere Ebene gibt, auf der vollständig andere Gesetze gelten, dass Dinge geschehen können, die jeder aus der heutigen Sicht der Menschheit für unmöglich hält.

Glauben Sie an die Macht des Glaubens!

ISBN 978-3-7386-010-0

19,95 Euro

ERNST - ULRICH HAHMANN

UNTER DER KNUTE
STALINS
Aus dem Leben eines Wolgadeutschen

Auf Einladung der deutschstämmigen Zarin Katharina II. zogen viele deutsche Einwanderer im 18. Jahrhundert, überwiegend aus Bayern, Baden, Isenburg in Hessen, der Pfalz und dem Rheinland in das Steppengebiet an der unteren Wolga. Die deutschen Siedler fanden im russischen Reich günstige Bedingungen vor, u.a. erhielten diese einen politischen Sonderstatus, der das Recht auf Beibehaltung der deutschen Sprache als Verwaltungssprache, auf Selbstverwaltung sowie Befreiung vom Militärdienst umfasste.

Die Deutschen in Russland galten als fleißig und waren wohlhabender als die Russen. Sie waren sich stets ihrer deutschen Herkunft bewusst und lebten die alten Gebräuche in der Ferne fort.

Diese Tatsachen brachte ihnen in Russland Neid und Hass ein. Bereits dem Zaren waren die Privilegien der Deutschen auf seinem Territorium ein Dorn im Auge. Ab 1934 galten die Deutschen als „innerer Feind" und mit dem Überfall deutscher Truppen auf die Sowjetunion wurden sie der kollektiven Kollaboration beschuldigt. Unter menschenunwürdigen Bedingungen wurden sie nach Sibirien und Mittelasien deportiert.

Die Verbannung nicht nur der Wolgadeutschen, sondern aller Deutsch-Russen dauerte auch nach dem Krieg weiter an und wurde 1948 gesetzlich auf Dauer festgeschrieben.

Erst 1964 wurden die Wolgadeutschen offiziell vom Vorwurf der Kollaboration mit dem nationalsozialistischen Deutschland befreit.

Heute leben in der Bundesrepublik ca. 2,5 Millionen Bürger, die als Aussiedler, Spätaussiedler oder deren Angehörige aus den Staaten der ehemaligen Sowjetunion zugewandert sind.

Das vorliegende Buch handelt von einem Wolgadeutschen, geb. 1931, der diese Zeit durchlebte und zurück nach Deutschland ging. Sein persönliches Erleben spiegelt anschaulich die damalige Zeit wieder.

ISBN 9 783743 16205

7,95 Euro

Im Jahre 2064 erfolgte die Aufnahme des deutsch-amerikaners Welf Wesley in die Reihen der Weltraumkadetten. Nach erfolgreicher abgeschlossener Ausbildung und des Eignungstestes erhielt er seine Kommandierung zum Nordeuropäischen Raketenstartplatz Peenemünde. Hier lernte er nicht nur seine Freundin Petra Schneider kennen, er nahm auch an der dramatischen Rettungsaktion des Weltraumkreuzers Europa 20A teil. Nach der Überwindung zahlreicher Schwierigkeiten gelang es unter anstrengenden Bedingungen Besatzungsmitglieder, des auf der Ceres gestrandeten Raumschiffes Terra 1 zu bergen und wohlbehalten zur Erde zurück zu bringen.

ISBN 9 783744 855822

7,95 Euro